漫游宇宙
科学｜人文｜视野

时间的岛屿

彭柳蓉 ／著

江西教育出版社
JIANGXI EDUCATION PUBLISHING HOUSE
·南昌·

赣版权登字-02-2024-072
版权所有 侵权必究

图书在版编目（CIP）数据

时间的岛屿 / 彭柳蓉著. -- 南昌：江西教育出版社，2024.4
（漫游宇宙）
ISBN 978-7-5705-3995-6

Ⅰ．①时… Ⅱ．①彭… Ⅲ．①幻想小说－小说集－中国－当代 Ⅳ．① I247.7

中国国家版本馆CIP数据核字（2023）第240000号

时间的岛屿
SHIJIAN DE DAOYU
彭柳蓉 著

江西教育出版社出版
（南昌市学府大道299号 邮编：330038）

出 品 人：熊 炽	插画绘制：林 莎
责任编辑：官结影 邱 童	美术编辑：齐书亚
责任印制：朱贤民	封面设计：殷 舍

各地新华书店经销
江西千叶彩印有限公司印刷
880毫米×1230毫米　32开本　7印张　105千字
2024年4月第1版　　2024年4月第1次印刷

ISBN 978-7-5705-3995-6
定价：28.00元

赣教版图书如有印装质量问题，请向我社调换　电话：0791-86710427
总编室电话：0791-86705643　编辑部电话：0791-86705589
投稿邮箱：JXJYCBS@163.com　网址：http://www.jxeph.com

目 录

人生的波浪	001
红　龙	027
时间的岛屿	055
超脑少年	089
火星之门	117
星　巢	155
人类动物园	187
来自星使的信	214

人生的波浪

大家好！我是一名星使——银河系亿万星辰的观察者之一。我的任务是在旅行中了解和记录银河系的现状。这次，刚进入太阳系，我的飞碟就遭遇了事故，坠落在一个叫作地球的星球上。这个星球看上去平平无奇，但生存在这里的人类的意识却灿烂动人。尤其是当他们做梦时，意识的磁场波动释放出的能量，甚至可以修补飞碟的裂痕……

大 河

冬日里的一天，十岁的永嘉离开苗寨乘船去镇上。她要去县城上学。苗寨在大河深处，寨子里的人前往县城，要先坐船到二十公里外的刹那镇再坐车。

永嘉穿着橙色救生衣，坐在船舷边看到一条小青蛇正在泅水渡河。机动船行驶时产生的涟漪对它来说如同浪涛，小青蛇在层层波涛里奋力游着，灵活无比。

就在这时候，一个庞然大物从洁白的云朵上坠落。它看起来像是巴士大小的碟子，外表蒙着一层明灭不定的浅蓝色的光。这飞行物急速坠入大河掀起巨浪，让永嘉乘坐的机动船在瞬间倾覆。一切发生得太快，永嘉甚至没来得及害怕就失去了意识。她只记得坐在自己身边的父亲紧紧护住了她。

时间的岛屿

当永嘉再次醒来时,时间已经过去了一个月。她躺在医院的病床上,看着冬天的初雪。这些白色的凝固的雨水缓慢地落下,安抚着慌乱的她。

照顾永嘉的是繁花姑姑。繁花姑姑说,永嘉的父亲林华在事故中去世了。出事地点附近五公里的区域都被封锁了,因为有辐射。寨子里的人都搬到了县城生活。

悲伤过后,永嘉才想起来问:"那只巨大的会飞的'碟子'是什么?外星飞船吗?"

繁花姑姑有些局促地告诉她:"新闻报道说,科学家从失事的飞船里救出了星使。是星使救活了你。"

"星使不能救活我的爸爸吗?"

"太迟了。"

群山绵延。刹那镇依山而建,只有几条蜿蜒的长街。数十层的高楼在山间屹立,像是新的古怪的山峰。刹那镇的中心还有好几座毛茸茸、绿茵茵的小山,宛如巨人的绿色棋子。数百年前,逃离战乱的人们跋山涉水来到这里,定居了下来。群山给予人们安慰,他们把这里当作世外桃源。

银灰色的货运飞船掠过山尖，飞船的阴影如同墨绿的云贴着树梢流动。在星使降临后，科技的迭代速度得到了极大的提高。星使带来的技术让人们能够快速打印出廉价的飞船，甚至搭建星网。网络上的人们讨论着人类文明获得的宝贵的跃迁机会。

永嘉怏怏地坐在病床上望着飞船。新年将至，可她再也无法见到往年和她一起庆祝新年的人了。事故留下的后遗症是时不时发作的偏头痛，这让永嘉的情绪愈发低落。

繁花姑姑带着永嘉办理了出院手续。永嘉背着装有医生开的药的书包，牵着繁花姑姑的手走进了冬雪里。她并不觉得冷，因为心底的破洞里装着无法停止的暴风雪。

为了方便定期带永嘉到医院复诊，繁花姑姑不得不为永嘉办理转学手续。她相信新的学校、新的生活能让永嘉振作起来。

那天，永嘉走进了青云小学的一间教室。还在教室门口的时候，她就一眼看到了靠窗而坐的微笑女孩春芳。

时间的岛屿

春芳笑起来有着浅浅的梨涡，让永嘉觉得亲切。班主任安排永嘉和春芳同桌。

永嘉坐在春芳身边，感觉偏头痛好了许多。她从书包里拿出课本，听着语文老师讲课，感受到了醒来后少有的平静。

放学时，永嘉和春芳一起走出校门。她们的家在同一个方向。雨水落下，在低洼处的积水中激起一圈圈的涟漪。这些微小的波浪带着寒气，入侵着这个黄昏。

永嘉隐约听到窸窸窣窣的声音在响——

意识波动值即将超过安全界限。

打开潜意识抑制程序……

机 器 兔

冬天的细雨似乎也能冻结一切。街道两侧的店铺在阴雨里亮着柔和温暖的光。

打着伞的春芳和永嘉经过一家新开的店铺。店铺里售卖着可爱的家用机器人。家用机器人是和春芳一样高的机器兔,有着红宝石一样美丽的眼睛、长长的毛茸茸的耳朵,躯干部分的外壳洁白光亮。

春芳摸了摸机器兔的耳朵,对永嘉说:"毛茸茸的机器兔真可爱。"

两个新认识的好朋友依依不舍地离开了店铺。永嘉临走时看了看橱窗里的机器兔。她很小的时候有一个妈妈亲手做的布兔玩偶,她很喜欢,因为搂着布兔睡觉就不会做噩梦。

春芳执意要送永嘉到小区门口。她说她是班长,要照顾好新同学。两个女孩挤在一把大伞下,听着沙沙的雨声,小心翼翼地越过水洼。

永嘉在乌云下看着镇上陌生又熟悉的一切。每年寒假,永嘉都会和爸爸一起来刹那镇探望繁花姑姑。暑假时,游客来山中避暑探奇,繁花姑姑就会去苗寨摆摊卖老挝咖啡。不过五年的时间,繁花姑姑就凑足了在镇上

时间的岛屿

买楼房的首付。爸爸曾说,百年以前,寨子里的人靠采药、采燕窝过活。如今苗寨里的年轻人大多去镇上甚至市里打工。

春芳听永嘉说着在苗寨里做咖啡的事情,发现永嘉眼底的阴霾消散了一些。

天黑得早,街灯渐渐亮了起来。永嘉站在小区外,不知为什么心中掠过一丝异样。阴雨里的小区看起来分外温暖,每一盏亮着的灯都代表着一个温馨的家庭。

春芳拍了拍永嘉的肩膀,说:"我走了。明天见。"她打着花伞离开,就像花朵落入大河。

永嘉走进小区,觉得手指发冷,便搓了搓手。她走进电梯按了楼层按键,看着镜子里的自己。这时,她的耳边隐约传来波涛声。那是她无数次坐船在大河上听到的声音。有那么一瞬间,永嘉觉得也许自己正在船上打瞌睡,做了一个噩梦,马上就可以醒来,然后蹭一蹭微笑着的爸爸的手臂。

"叮——"电梯的门滑开了,永嘉用有点冻僵的手指按了门铃。繁花姑姑脚步匆忙地来开门。永嘉一眼就看到了门边站着的机器兔。她愣住了,视线无法从机器兔那红宝石般的眼睛上移开。

繁花姑姑告诉永嘉:"这是星使送给你的新年礼物。机器兔是学习和生活的好伙伴。"

永嘉迟疑地看着机器兔,又看了看有些局促不安的繁花姑姑,默默地接受了这份新年礼物。

机器兔比永嘉想象的聪明,它甚至用微波炉热了一杯牛奶递给她。爸爸以前也爱让永嘉喝牛奶,说那样能长高。永嘉喝着温热的牛奶,这温度和爸爸给她喝的牛奶的温度几乎一样。

当黑夜降临时,机器兔在窗边的角落里进入了待机状态。永嘉静静地看着窗外细碎的雪花,一言不发。这一年的冬天比往年要冷。永嘉吃完医生开的药,躺在被窝里安静地睡去。

就在坠入梦乡的刹那,她听到了一段奇怪的对话——

意识捕获进程顺利。

时间的岛屿

意识波动在可控范围……

潜 意 识

天气愈发寒冷。这一个月的每个傍晚都有雨水降临。永嘉适应了新学校的生活，午休时间会和春芳一起去图书室看书。

永嘉喜欢春芳，她第一眼看到春芳时就觉得亲切。永嘉和春芳讲了不少她过去和爸爸遇到的趣事。春芳总是静静地听着，从不打断永嘉。

期末考试就要来了，两个女孩默契地留在学校复习。

永嘉合上课本，神情有些黯然："我今天要早点回家。"今天是她十一岁生日。繁花姑姑早上就念叨着永嘉大了一岁。永嘉十岁生日是和爸爸一起过的。如今，她和爸爸之间隔着无法跨越的距离。

"今天是你的生日，祝你生日快乐。"春芳从书包里拿出一只布袋递给永嘉。

永嘉惊讶地望着春芳。

春芳仿佛叹息般说:"永嘉又大了一岁。"这一瞬间,女孩的神情和永嘉记忆里妈妈的神情重叠在一起。永嘉这才意识到自己为什么觉得春芳看起来很亲切——爸爸珍藏的影集里有妈妈从小到大的相片。春芳现在的样子和妈妈小时候一模一样。

剧烈的疼痛感袭击了永嘉,她倒在了地上。古怪的是,在她倒下时,四周的一切都静止了。春芳保持着要去扶永嘉的姿势。不论是窗外的雨,还是教室里其他的人都静止了。教室的墙壁渐渐变得模糊,细碎的光点在向着四周崩散。

记忆卡顿,安抚程序无法进行。

潜意识警戒值提升……

永嘉醒来时看到了枕头旁边躺着的布兔,她将视线从布兔身上移开,落到窗边角落里沉默的机器兔的身上。

时间的岛屿

机器兔在她的注视下苏醒,闪了闪红宝石般的眼睛,然后发出和爸爸一模一样的声音:"早安,永嘉。"是的,永嘉把机器兔的声音设定成了爸爸的声音,这让她觉得有安全感。机器兔不仅会做家务,还能和她聊天,帮助她查询各种资料。

"早安。"永嘉说。

机器兔轻快地滑出卧室,去厨房做早餐了。

永嘉穿衣洗漱后坐在了餐桌前。她对繁花姑姑说:"姑姑,我和春芳约好了今天去书店。"

繁花姑姑把钱递给永嘉。

永嘉问:"我可以带着我的机器兔一起去吗?"

繁花姑姑惊讶地看了机器兔一眼,说:"当然可以。"

于是,永嘉带着机器兔出发了。

天气晴朗,浅金色的阳光照耀着街道和人群。永嘉并没有和春芳在书店会合,而是和机器兔一起上了一辆半新不旧的越野车。

永嘉挨着机器兔坐在后座上,对着戴着银耳环、穿着黑色羽绒服的中年男子说："求叔，我们出发吧。"她前些天在镇上遇到了大河苗寨的求叔。求叔答应带她去禁区边缘看看。

爸爸已经去世两个月了，繁花姑姑说他因为辐射的缘故被埋在了寨子里。永嘉并不相信。她在学校的图书馆里查询过辐射可能造成的损害。问题在于，她的身上没有任何伤痕和溃烂的痕迹。

禁区外的野草足有一人高，加上神秘的辐射令人畏惧，没人来这里。越野车停在道路尽头，这里能俯瞰不远处的大河。

大河依然流淌着，它穿过方圆五公里的禁区，向着群山的更深处进发。大河的尽头是高耸的峭壁，峭壁高处有着天然形成的洞穴。百年前的人们安息在洞穴里，期待着后人把他们带回真正的家乡。

"求叔，我想再靠近一些。"永嘉说。

禁 区

"我试过进入禁区,但每次都会迷路,然后走回禁区外面。星使划定禁区后,用某种神秘的科技让人无法窥探禁区的秘密。"求叔说。

永嘉问:"你为什么会试着进入禁区?"

求叔的脸上有着复杂的神情:"我们的家就在禁区里啊。这两个月里,我经常在半夜惊醒,心中空荡荡的。我总觉得我和周围的一切隔着一层雾。医生说我是得了植物神经紊乱症。但是,总有一个声音在我的脑海里回荡着,让我去禁区看一看。"

永嘉指着山边的一条被野草淹没的小路,说:"从那里可以去大河边的栈道。那些栈道虽然很少有人走,但也是一条去苗寨的路。"

求叔摇头,说:"我试过,走不过去。"

永嘉拍了拍机器兔的金属外壳:"让我的机器兔带我们去。人会迷路,机器兔不会。"

求叔看着永嘉明亮的眼睛，说："那就试试吧。"

两个人握着机器兔的手，一前一后走在荒芜的山道上。行走时，野草划过脸颊，让人觉得痒痒的。

永嘉紧紧握着机器兔的手，低声说："我一定会找到爸爸。"

机器兔用和爸爸一样的声音对永嘉说："当然，我的永嘉。"

机器兔带着永嘉和求叔在荒草里前行。冷风拂过，阳光稀薄。求叔心中掠过一丝异样，总觉得草丛里会蹿出什么野兽。

"永嘉，这里不安全。那些栈道年久失修，寨子里的人都坐船出来。只有那些去山间采药的人才走栈道。"求叔不安地说。

永嘉微微低下头，像是在倾听现实中不存在的风雪声："我知道爸爸在等着我。"那是父女之间无法说清的牵绊。她昨夜梦见逝去多年的妈妈为她庆祝生日。那样的温馨快乐让人沉溺，却也显得古怪。

时间的岛屿

求叔不懂永嘉的意思,他放低了声音,说:"孩子,你爸已经去世了。你要开始新的生活。不要乱想。"

永嘉抬头盯着求叔,声音低缓:"星使的飞船坠落引发的事故让事发地和附近都被划为禁区。但是,什么样的科技能让人在一个月里建造出那么多的货运飞船?我的机器兔为什么能选定爸爸的声音作为声音?刹那镇为什么最近一个月的每个傍晚都下雨?"这些无法解释的不合理事件让她陷入了怀疑,也让她最终确定,她并不是处于真实世界,而是陷入了漫长的梦境。梦境里的时间跨度和科技变化显得扭曲。天气也跟随她的心情变得阴郁。

求叔只觉得脑袋发晕,不由得问道:"为什么?"

永嘉有些古怪地笑笑,说:"这些不合理的事情,我和你都下意识地忽略了。也许包括你在内的一切,都是我的梦。飞船坠落后,我并没有真正醒来。"

永嘉想了想,又说:"又或者所有的人,爸爸、我、你、繁花姑姑,都在星使创造的一个梦境里——"

"你是说,禁区里或者说禁区外的人都睡着了?这怎么可能?"求叔笑了起来。

四周再度变得卡顿。被风吹拂的野草停止了晃动。求叔化为白色的光点消失在原地。

此时的永嘉越发确定自己身处梦境。一旦她变得清醒起来,梦境里的人就会消失。不,还有一种可能,这不是她一个人的梦,而是一群人在做梦。

永嘉知道自己没那么容易醒来。她握紧机器兔的手,说:"去栈道,然后牵着我的手往苗寨前的三折段的位置走。"

永嘉闭上眼,跟随机器兔往前走。她觉得自己仿佛走在结了一层薄冰的海面上,每一步都可能让自己坠入深渊。

时间变得没有意义。在绝对的黑暗和寂静里,永嘉渐渐听到了微弱的流水声。这是大河的声音。从出生到现在,永嘉听过无数次大河的声音。大河养育了远道而来在这里扎根聚集的苗人。它美好圣洁,是苗人的母

时间的岛屿

亲河。

微弱的大河的声音渐渐变得清晰响亮。

意识脱离人工梦境，正在苏醒！

群体人工梦境扰乱，能量采集停止，修复终止！

苏　醒

永嘉握着的机器兔的手在一瞬间化为乌有。她感到寒冷，身体沉重无力。在清晰的水声里，永嘉竭尽全力睁开了眼睛。她坐起来，发现自己刚才是穿着橘色救生衣躺在河滩上。

不远处的河水里，飞碟歪斜着插入河床。它光洁的灰色表层上有着几道深深的裂缝。整个飞碟隐隐发光，像是沉睡的怪物。

永嘉吃力地站起身来，在岸边草坡上发现了昏迷的父亲。永嘉跑了过去，带着哭腔喊着他。她看着父亲快速动了动紧闭的眼皮,然后缓慢地睁开双眼。

"永嘉,别哭。"林华说。梦中的他被女儿的哭声唤醒。

永嘉紧紧抱着林华,大哭起来:"爸爸,我冷。"

林华有些错愕地低头看着颤抖痛哭的女儿。他想起了自己那古怪的梦境。他一边安抚女儿,一边望向大河。一辆大巴车那么长的灰色飞碟在河床上斜斜插着。这可不是什么常见的飞行物。

林华艰难地站起来,说:"我去叫醒其他人。"彻底缓过来后,林华打算回苗寨。苗寨距离草坡没多远,从这里爬上旧栈道,再走半小时就能到。

林华和永嘉陆续找到了另外四个昏迷在河道旁草滩上的人,包括求叔,然后将他们摇醒。

林华从羽绒服里掏出手机,没有信号。他心情沉重地听着永嘉讲述她的遭遇。永嘉说所有的人都被带入了飞碟制造的梦境中。她挣扎着醒来,也叫醒了他。

离奇的是,林华梦到自己在全自动车间里被拼装成机器兔,然后被运到了繁花居住的小区。他变成了家用

时间的岛屿

机器人,并按照程序的设定照顾永嘉。他不能说出预设程序之外的话。

永嘉又看了一眼河道里的飞碟。从天外而来的巨兽在大河里蛰伏,却能将附近的人都送入梦境中,改变时间的流速。它的目的是什么?它会不会在不知不觉间让醒来的人们再次入梦?

发光的飞碟发出了奇异的声音,像是鲸鱼的吼声,带着古老时代的荒蛮苍凉。

更加明亮的光线宛如金色岩浆一样从飞碟的裂缝里流淌了出来,无视地球的重力规则,在河面上如发光的丝绸一样延展,伸向站在草坡上观望的人们。

永嘉呼吸变得急促,心中发烫。是飞碟在召唤她。

林华抱起女儿就朝草坡的更高处跑去。他们四周的树在视线里发生了古怪的错位,然后开始飞速地生长和凋谢,仿佛四季在短短几秒钟里就过去了。

金色岩浆般的光线如鸟儿的翅膀一样轻盈地掠过,笼罩住了永嘉和林华。下一个瞬间,他们毫无征兆地从原地消失，然后出现在了飞碟的内部。

外观只有巴士大小的飞碟内部却无比广阔，看起来更像是一处巨大的地下溶洞。无数发光的石柱犬牙交错，从洞顶向下延伸。长长短短的石柱之间是肉眼可见的细小的金色闪电。洞穴斜上方有着深深的裂痕，裂痕的背后是涌动的星云。

这飞碟从外部看是斜斜地插在河床上，从内部看却是在宇宙中漂流。

水桶大小的金色光球从高处缓缓落下。它以某种方式搭建了连接林华父女的意识桥。它就是星使，银河系亿万星辰的观察者之一。

星使的飞碟在太阳系边缘遭遇了事故，它跌跌撞撞躲开了木星巨大的引力，摇摇晃晃擦过火星，最终抵达地球，跌落在群山之间。星使一直试图修复飞碟的核心，却没有成功。令星使惊讶的是，人类的意识活动居然能够修复飞碟上的裂缝。

时间的岛屿

观 察 者

处于绝境的星使利用残余的能量建造了一个人工梦境,将这二十公里内的所有人拉入同一个梦里。飞碟依赖数千人的意识活动来修复破损的核心。这一切只发生了短短十多分钟,梦境里却过去了两个月。

这个蛮荒的星球上的文明属于初级文明,这里的人拥有极其脆弱的肉体,意识却充满了盎然的生命力。地球人在短暂的一生里,意识如动人的火花一样绽放。许多高级文明的智慧生命的意识却陷入漫长的低谷。

地球人的意识携带的磁场波动让星使的飞船愈合。星使也通过数千人的意识了解地球文明的方方面面。那些飞船和机器工厂就是基于地球目前科技水平开发的新产品。

只是,星使没想到的是,永嘉居然能够从梦里醒来。她是特别的人,拥有信使的天赋,即拥有连接和打破意识流动的能力。

林华牵着永嘉的手问星使:"所以,你将我们带进这里是为了什么?"

"我需要你们的帮助。我将付出报酬。"金色光球在半空中浮动。裂缝外的星云焕发出超凡脱俗的魅力。

林华并不相信星使。它建造人工梦境,利用人们的意识活动修复飞碟的核心时,没有征求任何人的意见。飞碟坠落时,掀起的波浪将人类的机动船掀翻,星使也没有采取任何救援行动。这么寒冷的天气里,被河水浸湿的人昏迷不醒,几小时后就会因失温而死去。

一股陌生的讯息钻入了永嘉的意识深处。那是廉价飞船和机器兔的制造流程。

永嘉和父亲商量了一会儿。

林华问星使:"你需要我们做什么?"

"你的女儿拥有异于常人的信使能力。飞碟的核心,目前修复了一部分,让我得以探测到在不远处的、深深的地底沉睡着一只星兽。它的意识能量无比强大。我只需要永嘉充当我和星兽之间的信使。"星使说。

时间的岛屿

永嘉问:"星兽?"

星使那金色的球身上出现了一抹光影。那是一条红色的、沉睡的巨龙。它躺在岩洞里,呼吸时鳞片隐隐发亮。

永嘉惊讶地看着红龙,说:"这里的地下居然有一条龙!"

"星兽强大无比,这个星球应该是它的母星。所有诞生过星兽的星球都不能入侵,这是星盟的法则。星兽能帮助我修复飞碟。在修复完毕后,我会利用行星的引力弹弓,飞出太阳系,继续我的观察记录之旅。"星使提及星兽时充满了敬畏。

小小的金色光点如萤火一般升起,萦绕在林华和永嘉身边。永嘉没忍住戳了戳眼前的一个光点,她看到了陌生星球的掠影。那是一个布满液体的星球,巨型透明水母在大气层成群结队地飞行着。

永嘉忍不住又戳了一个金色光点。这个星球上到处都是宝石。生活在这里的智慧生物是一种二维生物,能在宝石之间投影穿行。

星使说:"这些都是我观察和记录过的星球。它们是宇宙间美的具象。"

永嘉问:"我该怎么做?"

"用双手捧住我。"星使缓缓落向永嘉。

永嘉捧着金色光球,就像捧着一颗星星。她的意识在瞬间伸展,使她对附近二十公里以内的一切都了如指掌。她知道了河流里的每一条鱼,山林里的每一只鸟儿,刹那镇每一个沉睡的人以及他们的生命历程。

永嘉带着星使进入了红龙的梦中。梦里的一切,自从飞碟从大河里漂浮起来后,永嘉就忘了。星使说知道得太多不一定是好事。

父女俩坐在行驶的机动船上,衣服干爽。其他四个人也在船上。时间回到了飞碟坠落之前。

此时的大河两岸,翠绿夹杂着枫红。岸边低俯的树上有一些红叶随风飘落,荡漾在碧波里。

永嘉握着林华的手,眼中有千言万语。

时间的岛屿

　　林华低声说:"别怕。"

　　"我们会不会还在星使建造的梦境里?"永嘉问。她的脑海里还有廉价飞船和机器兔的制造流程,信息庞杂无比,步骤清晰明了。

　　林华沉默了几秒。他看着沐浴在金色阳光里的女儿,摸了摸女儿的头,说:"……只要我们在一起就好。"

　　永嘉看着挨着船奋力泅水渡河的小青蛇,看着那层层叠叠的波浪,脑海里掠过裂缝外那些瑰丽的星云的剪影。

　　波浪无处不在。

红龙

在这场观察之旅途中,我意外发现,成年的红龙会跨越星系回到母星地球产下幼崽。成群结队的红龙在黑暗的宇宙里就像是一群红色的星辰。这就是为什么每隔一千年,太阳系会出现一次奇景。

回　溯

蓉城的冬雨细小绵密，湿漉漉的城市在大地上延展，城市东侧的边缘是深绿色山脉，山的另一侧是更为广袤的平原。

永宁的家就在龙泉山上。他的父亲在隐灵寺工作，一家人就住在离寺庙不远的农居里。隐灵寺依山而建，草木葱茏，城里人周末喜欢驱车来此礼佛或游玩。

龙泉山小学在距离隐灵寺一站路的地方，公共汽车在蜿蜒的山路上飞驰，转弯时，永宁觉得自己很可能从车窗飞出去。

清晨的雾气还未散尽，从山坡往下看，四周都是涌动的白雾。永宁总觉得白雾下藏着巨兽。他背着书包，吸了吸要落下的鼻涕，走进教室。教室里暖和得多，但

红 龙

一如既往地吵闹——同学们说着看过的书中的片段,或是聊着动画片里的情节,又或是分享着各自在家调皮捣蛋的细节。

永宁在自己的座位上坐下,掏出有些皱巴巴的作业本交给课代表,然后拿出彩色铅笔在空白本子上画画。

十一岁的永宁学习成绩中等,但画的画在班上数一数二。他读小学前就拿着蜡笔在自家院子外的山坡上画画,把心里的世界画在画纸上。夏夜里,偶尔能看到满天星斗,星光落入怀抱,带来遥远得无法抵达的地方的讯息。冬天的夜晚通常只能见到灰色的云层和遥远冰凉的月亮。

永宁在画纸上画着冬夜的天空,然后把云勾勒成想象的巨兽——一条在冬夜云层里酣睡的红龙。它长长的身体缠绕着一朵云,爪子微微张开,露出颜色略浅的腹部。红龙眼睛微闭,长长的龙须摇晃着,嘴角似乎能看到一缕口水。

时间的岛屿

与此同时，遥远宇宙的深处，一群红龙正在太阳系的边缘急速飞行。

它们绕过巨大的碎冰，有时候遇到较小的碎冰就直接撞开。黑暗的宇宙里，红龙们像红灯笼一样散发出微弱的红光。

这是每千年一次的红龙回溯产崽行为。它们在母星地球出生，耗费一千年的时间成长为可以在星际旅行的成熟红龙，然后跨越宇宙前往龙星的岩浆海蜕皮进化。又一千年后，红龙在龙星怀孕，就会跨越星系回到母星地球产崽。

这是属于红龙的独特生命循环。宇宙射线是红龙幼崽诞生的催化剂。

领头的红龙贪婪地吸收着太阳的热力，用它激活自己心脏处的晶核。庞大的能量喷涌而出，让红龙得以在真空的宇宙中飞行。它想起了母星深海那令它舒适的水压和温度。黑色宁静的深海里不时有发光的鱼从它的巢穴旁游过。热泉涌动着，散发出它喜欢的硫黄的气味。

时间的岛屿

红龙还想起了那个居住在海边的小男孩。那是它唯一的人类朋友。它在海难时救活了小男孩真言。那是一段美好的时光，它常常在海湾等待真言，带上一条鱼或一颗珍珠作为礼物，然后听真言吹奏一段乐曲。偶尔，它也会带着真言游出海湾，去海的更深处巡游。只是人类的生命太过短暂，真言长大成人，又日渐衰老。年老的真言和红龙告别时，红龙突然明白了心脏酸涩是什么感觉。

一千年过去了，真言一如海水里的白色泡沫，早已消逝在时光里。

陨石打在龙鳞上化为星尘，成群的红龙与红龙之间产生了能量共振，让飞行的速度进一步提升。在回到母星的漫长飞行时间里，它们曾在沿路的星球上进行短暂的休整，也曾遭遇星兽的威胁。

红龙的一生就是战斗的一生，在银河系第四悬臂的边缘，成群的红龙和深渊里不断涌出的蜂群已经对战了亿万年。

红　龙

光　环

　　白雾已经散去，下午的阳光带着暖意。永宁在校门口买了烤红薯吃，甜糯的烤红薯从嗓子眼滑下去，让整个身体都暖和了起来。

　　"永宁，也请我们几个吃红薯嘛。"六年级的林震站在永宁身后说。

　　永宁没有回头，他握紧手里的红薯，低声说："我钱不够。"

　　"你有多少？"林震笑眯眯地问。永宁没什么朋友，又比其他人瘦小，林震觉得能问永宁要点好处。

　　永宁觉得胃里难受，像是有拳头顶在那里。他的血液似乎都涌到了别处，全身冰凉，视线也有些模糊。

　　直到林震拿走了永宁的钱，和自己的跟班扬长而去，永宁还站在原地，手上的烤红薯已经冷透。这不是他第一次被人欺负。

　　"陈永宁，你站在这里发什么呆呢？"永宁的同桌

时间的岛屿

游岚问。

永宁仿佛从噩梦中惊醒,他回过头看了看游岚,然后飞跑回家。他恨自己那么懦弱,没能反抗林震。

游岚看到永宁飞跑的身影,有些疑惑,心想,自己也没那么恐怖吧?

冬天的龙泉山上植物依然茂盛。小叶榕在山坡上生长,深紫色的红叶李犹如冬日的繁花,鸟叫声长短应和,让人忘记时间的流逝。永宁大口地喘气,扶着银杏树,眼泪落了下来。他微微抬起头,觉得太阳仿佛长出了一圈又一圈的光环。

土星环无比壮观,土星的引力巨大,红龙们要小心翼翼地在安全范围内飞行。

深蓝的宇宙深处,一个发光的小点就是红龙们的目的地——地球。

红龙只会死在星路上,不会埋葬在大地中。夭折的红龙会在七日后分解,化为深蓝色的尘粒,凡是吞噬这种尘粒后不死的其他生物都会进化。据说，有一种水猿吞食了深蓝尘粒，又回到了岸上，成了人类的始祖。

红龙们观察到一艘伪装成陨石的飞船。飞船接近太阳，获取能量，然后在引力弹射的作用下加速离开了太阳系。飞船似乎也注意到了红龙群，它没有招惹这些强大的跨星际旅行的生物。这群红龙就像红色的星辰一样耀眼，是宇宙之美的具象之一。

红龙们的身躯散发出的光芒越来越亮，它们的身影变得若隐若现，最后变成了透明的影子。这是它们对母星的保护，避免蜂群找到它们的产崽地。在第四悬臂的某个地方，红龙们拯救过一个星球。那个液态星球上的生物并没有形体，以雾的方式生存繁衍。雾人们把变换形态的方法教给红龙，这让红龙们避免了很多麻烦。

看不见的红龙群绕过土星的势力范围，向着目的地前行。就在它们经过一颗黑色球形陨石时，变故发生了！陨石似乎被红龙的能量波动触发，伪装的外壳裂开，露出里面半透明的蜂巢结构，无数沉眠其中的蜂兵被唤醒。

时间的岛屿

最令人惊讶的是,蜂巢的深处似乎由实转虚,连接着另一个空间。这是红龙们最讨厌的引力畸形形成的小型虫洞。它的出现有着随机性和偶然性,持续的时间一般也不长,甚至就一次呼吸那么长。红龙们不清楚,蜂群是否已经发现太阳系中的某颗行星是它们的母星,所以才把休眠的蜂巢布置在这里。红龙群绝不允许蜂群向它们的首脑发回任何讯号。

为首的红龙吞掉了整个蜂巢,奇异的能量破坏着红龙的身体,它的形体显露出来,身体表面的红色光晕变得微弱,鳞片上开始出现溃疡,这是蜂巢里的毒素造成的。

其他的红龙喷出自己的能量环,封堵着虫洞,微妙的波动从虫洞后那片死寂的星空传来。

掌 心 龙

月亮升起来了,但无人看见,厚厚的灰云隔绝了一切。

红 龙

寒冬的山上，湿漉漉的雾气在枝叶间聚集，然后弥漫开来。一些昆虫早在秋夜里就已经无声无息地死去。

永宁睡不着，他的心底有一团阴郁的火焰在燃烧。这团火焰并不能给他带来温暖，反而在冻结他的心。

永宁不想和父母提他被林震他们拿走了钱的事情，也不想向老师告状。他感受到了真切的痛苦，甚至不想再去上学。林震他们还有半年多才毕业，他还需要熬一段不短的时间。

窗玻璃上有水珠凝结，永宁伸手抹了抹。他有时觉得蓉城的冬天仿佛和另一个世界连接在一起。大雾弥漫的冬夜，其他世界的生物在雾气里巡游。

就在这个时候，永宁听到屋角的瓷缸里发出咕咚的声响。是老鼠吗？青花瓷缸是家里的老物件，这些年用来当鱼缸，养一些从集市上买来的小金鱼。这缸小金鱼从夏天养到了冬天，瓷缸里浮着的小小的碗莲，无不焕发着勃勃生机。只是天气一冷，鱼儿们就不爱动弹，一般不会发出声响。

时间的岛屿

永宁看了看屋角，没有发现老鼠的踪影。床边放了取暖器，穿着保暖裤倒也不觉得冷，睡不着的永宁索性给自己早晨画的画细致地上起了色。红龙在画纸上酣睡，意外地可爱。

永宁心底的火焰渐渐平息。他想，他明天去学校要学会勇敢说"不"。

夜深了。永宁沉沉睡去，他梦到画纸上的红龙在龙泉山上飞舞盘旋，雾气汹涌着，像白色的海。

青花瓷缸里，巴掌大的红龙爬上碗莲，躺在莲叶上，看起来奄奄一息。它的鳞片上有黑色的瘢痕，小小的龙须耷拉着。它正在缓慢地消化蜂巢和蜂群，因此受到的损伤让它和其他红龙失散了。由于中毒和虚弱，红龙进入大气层后并没有降落在海里，而是落在了大陆上某个小小的盆地里。

红龙躺在莲叶上叹息。它推测蜂群文明所在的深渊大约已经没有足够的可掠夺的资源和能量了，它们正在通过小型虫洞将数以亿万计的蜂巢发射到银河系的不同角落。红龙可不希望自己的母星成为新的星球蜂巢。

恢复了一点精力的红龙在屋子里巡视了起来,它看到了画纸上的红龙,神色微妙。在永宁的枕边降落后,红龙感应到了一股微妙的能量波动。这微妙的能量波动似乎能够缓解蜂巢带来的痛苦。红龙挨着永宁也睡着了。在数十亿人里,极少数的人会拥有治愈红龙的能力——他们的心灵磁场能和红龙的精神磁场产生共鸣,从而产生治疗的效果。只是,红龙如此稀有,而拥有特殊心灵磁场的人的生命太过短暂,他们自己也不知道自己拥有这种罕有的能力。

第二天清晨,永宁洗漱后喂鱼时发现鱼儿们都老老实实趴在缸底一动不动。他撒下鱼食,坐在桌边有些食不下咽地吃了早餐,就背着书包去上学。走在去隐灵寺车站的路上,薄雾在永宁的四周游荡。他并没有注意到自己的书包拉开了一条缝隙,缝隙里,巴掌大的红龙正打量着四周。

时间的岛屿

公交车上坐的人不多，司机技术娴熟地在环山公路上驾车行驶，雾霾从山崖下涌了上来。车载电视里发布了雾霾橙色预警。永宁坐在靠窗的座位上一言不发。

红龙从永宁的书包里钻了出来，四处打量。它没想到如今的人类文明进步了一大截。一千年前的它离开母星时目睹了宋朝一个皇帝的葬礼。此刻的红龙看着别人玩手机，丝毫没有注意到永宁有些沮丧的神情。

车行一站就到了龙泉山小学，永宁站在校门外，心跳都加快了不少。他攥紧拳头走了进去。

永宁走进教室。这时候还早，教室里没什么人。永宁拿了抹布擦桌子，教室角落里的空气净化器发出轻微的嗡嗡声。不一会儿，游岚也来了。她看到自己那干净的桌椅，知道是永宁帮她擦的。坐下后，她分了巧克力给永宁。

整个白天分外漫长，体育课也取消了。红龙饶有兴致地上了一天课，感受到了学知识的乐趣。它决定在自己恢复之前天天来听课。从某种意义上讲，如今的人类基因也是红龙部分基因进化的分支。

真 言

放学时，永宁匆匆离开教室，却在长廊的拐角处被林震等人围住，然后被推搡着去了楼顶。寒风凛冽，永宁觉得自己从里到外都被冻住了。

林震拍了拍永宁的肩，笑眯眯地问："永宁，还有钱借我们买红薯吗？"

永宁沉默了几秒，然后摇头。他想嘶吼，想变成野兽，最后却只能站在原地，挣扎着拒绝。

林震身后的男生扯下永宁的书包，说："怎么会没有？让我们看看你的书包。"

永宁紧紧抓住书包背带："我没有钱，昨天借你们的钱什么时候还我？"他不明白为什么林震可以肆无忌惮地问同学要钱。林震不觉得羞耻吗？

林震猛地扯走了永宁的书包，拉开拉链把书包倒过来抖动。文具盒、课本、作业本全部掉落到了地上。巴掌大的红龙紧紧地抓着书包底，避免被抖落到地上。它

时间的岛屿

能感觉到永宁的愤怒。利用永宁的心灵磁场修复伤势的红龙，如今和永宁有了微妙的联系。

"永宁，明天记得带钱来学校。"林震说。

"喂！你们在干什么？"游岚气势汹汹地冲到了楼顶，"永宁，他们欺负你，我们就告诉老师，让老师请他们的家长。"

永宁把散落在地上的东西胡乱地塞进书包，眼睛发红。他没想到游岚会冲上来救自己。

林震推了游岚一把，说："关你什么事？我们和永宁是朋友。"

永宁将书包拉链拉好，推开林震，拉着游岚就跑："林震，你才不是我朋友，你那么霸道。"

永宁拉着游岚飞跑，到了教师办公室门口才敢停下来喘气。他没有去向老师告状，而是将游岚送到了学校门口的公交车上，看着她离开，然后站在站牌下等回隐灵寺的车。

永宁的脑海里浮现出自己推开林震的情景，就是那一瞬间，他不再害怕林震和他的跟班。他明白了，许多恐惧来自懦弱的内心。

林震来到了站牌附近，一脸坏笑地看着永宁。永宁平静地回望林震，丝毫不躲避他的视线。几分钟后，林震离开了。

远处的车来了，永宁背着书包上了车，在车的尾部坐下。他拉开书包想要检查自己的课本和作业本是不是都脏了，却一眼看到了晕乎乎的红龙。一条巴掌大的、摇晃着头的龙！

永宁一动不动地看着红龙，脑子里仿佛有烟花绽放。他觉得也许是自己画的红龙在夜里活了。不，这应该是幻觉。他盯着红龙，一下都不敢移开视线，生怕自己的幻觉消失。

红龙看着永宁。它的身体因为直接吞噬蜂巢和蜂群受损，所有残余的能量都用来护住腹中幼崽，而失去了隐藏形迹的能力。

下午的阳光黯淡，雾霾并没有完全散去，薄如烟，

时间的岛屿

在远处弥漫。有些冷的公交车的后排,有些狼狈的小男孩沉默地看着书包,仿佛看着一个梦。

永宁回到家,径直回到卧室将门反锁。他小心翼翼地将书包放在床上,低声说:"出来吧。"

一次呼吸的时间过去了,红龙慢吞吞地爬出了书包,站在蓝格纹的床单上看着永宁。

红龙的意识在永宁的意识里闪现,一个年轻女孩悦耳的声音响起:"永宁——"

永宁无法呼吸,他坐在椅子上,脸上满是震惊的神情。一条龙!一条会说话的巴掌大的红龙!

"……你叫什么名字?"

红龙想了想,说:"我叫真言。"这是红龙唯一的人类朋友的名字,它借用他的名字,以此记住他。

红龙歪着头对永宁说:"我可以在你家借住一段时间吗?我受伤了,需要时间恢复。我对上学也挺感兴趣的。"

永宁结结巴巴地回答:"好……好吧……你你你……你需要我去买点治伤的药吗?"

他的视线落在书桌上自己画的云端红龙上，再一次觉得真言就是从画里出来的。原本心情沮丧的永宁因为这突如其来的奇迹忘记了所有的烦恼。

朋　友

冬夜漫长，龙泉山被云雾包裹着，月光无法穿透云层。红龙发现了比上学更有趣的事物——电脑和网络。它了解着人类文明史，沉浸在浩瀚的知识海洋里。因为精神力巨大，红龙能够在网络上进行思维漫游，甚至发现了几个隐藏在网络上的类人智能。机器的自主意识萌发并不久，有进一步加强的趋势，这是和人类截然不同的文明进化方向。

红龙们对其他的文明一般不感兴趣，它们拥有极为强大的肉身和浩瀚的精神力，能够和星舰搏斗。它们的爪子附带的奇特能量可以瞬间摧毁被黑暗星尘污染的军

时间的岛屿

团,面对蜂群文明,它们也能将之围堵在深渊要塞之外,不允许它们进入银河系。

为了守住母星的秘密,红龙不得不瞬间吞噬蜂巢和蜂群,阻止蜂群向它们的首脑传递讯息。红龙差点死去,却也获得了从另一个角度观察母星的人类文明的机会。千年来,人类的悲欢离合并没有变化,文明带来的享乐却多了不少。

红龙看着自己左边爪子上的溃疡范围在缩小,它想,也许再过一个多月,自己就能离开龙泉山,去深海找到同伴,产下幼崽,然后前往深渊战线。

永宁已经睡去,他的精神得到了红龙的安抚和梳理。红龙知道永宁被林震欺负的事,但并没有插手的打算。小龙们吵闹打架都是小事,重要的是不要胆怯,确实无法应付时再寻求帮助。

第二天早晨,永宁将客厅电视柜里的一个笔状物件装进了书包。他若无其事地喝粥、吃馒头,然后一如既往地和父母告别。妈妈叫住他,在他背心处贴了张暖宝宝。

红　龙

　　红龙在永宁的书包里摆弄笔状物件，明白了它的用法。一个人只能拥有数十年的寿命，但人类善于记录经验、总结智慧，以群体的力量创造出令人惊讶的地球文明。短短数千年的时间，人类文明的进展大约和红龙见过的其他文明十万年的进展相当。红龙将其原因归结为人类的祖先获取了红龙的基因片段。

　　午饭后，林震再度找到了永宁。永宁平静地跟着林震去了教学楼后面的小树林。下午，挨了揍的永宁前往教师办公室，将早上放在书包里的录音笔交给了班主任。录音笔是永宁妈妈之前用来做会议记录的，她买了更好的录音笔，就把旧录音笔放在了电视柜抽屉里。

　　从那以后直到期末考试完，永宁都没有再看到林震。林震受到了学校的处分，好些天没来上学。

　　寒假到来时，永宁已经和红龙颇为熟悉。红龙的伤势也好了许多，它甚至能变得透明，跟随永宁离开龙泉山去城里玩了。他们相处得更融洽了，永宁的心灵磁场和红龙的精神磁场交叠在一起,如泉水滋润干涸的土地,在斗转星移里,开出美丽的友谊之花。

红龙尝试了各种饮料,最后发现自己爱喝的还是来自高原的矿泉水。它趴在永宁的肩膀上去了游乐园,陪着永宁玩各种游乐设施。它喜欢爆米花,也喜欢用爪子悄悄戳破别人的气球。

"我喜欢坐云霄飞车,那是飞一样的感觉。"永宁说。

红龙嗤之以鼻:"那可不是飞的感觉。我们接下来做什么?"

"看熊猫?"

"熊猫有我美吗?"

"那我们去看看三星堆?"

"那有什么好看的?"

最后,永宁带红龙去电影院看恐龙大战怪兽的最新版电影。红龙看完电影表示,恐龙和怪兽的实力都弱爆了,自己一只爪子就能打赢它们。

永宁看着巴掌大的红龙,心中充满怜悯:"你肯定比它们强得多。还要再来一份冰激凌吗?"

红龙从来没有这么单纯地快乐过。它享受着人类文明的光辉,不去想关于星际战争的一切,不去想自己的责任,和新伙伴吃着冰凉香甜的食物。过去的日子积累在心底的尘埃就这样被吹走了。

除 夕

对于中国人来说,一年中最隆重的节日即将来临。永宁爸爸在防盗门上贴了对联和"福"字。永宁擦干净窗户,贴上了窗花。他还悄悄给红龙准备了红包,红包上印着金灿灿的龙。

红龙躺在青花瓷缸的碗莲上,看着自己身上最后一块溃疡变浅,直至消失。它知道告别的时间到了。它的命运指向深海,永宁的命运在这座秀丽的城市。它的时间长度和永宁的时间长度截然不同。

时间的岛屿

除夕的夜色从弥漫的饭菜香味里展开。豆瓣鱼、竹荪炖鸡、甜皮鸭、凉拌猪耳朵、油酥花生米、甜烧白、炸酥肉……电视机里回响着欢快的歌声。忙碌了一年的父亲母亲笑呵呵地迎接新年。没有作业的夜晚,永宁仿佛飘浮在微甜的白雾里。

永宁将印着金龙的红包交给红龙:"不知道你喜欢什么,所以我把存起来的零花钱分一半给你。"

红龙抱着沉甸甸的红包,摸了摸红包上印着的金龙:"永宁,你不是喜欢飞吗?我带你去飞。"

永宁看着红龙那小身板,好奇地问道:"你载得动我?"

一刻钟以后,偷偷溜出屋子的永宁看着红龙从巴掌大的小龙变成了比楼房还要高的巨龙。它威风凛凛,眼睛如隐隐流动的黄金,红色的鳞片上仿佛有星光闪烁,一如故事书里的神龙:兔眼、鹿角、牛耳、驼头、蜃腹、虎掌、蛇颈、鱼鳞、鹰爪。

时间的岛屿

红龙载着心跳如擂鼓的永宁飞入了雾海。它的精神力为永宁隔绝了寒冷的风和雾。大团的白雾涌来又散开，永宁看着这一切，感到无比新奇和喜悦。

红龙对着天空咆哮，厚厚的云层出现了一个圆形缺口，柔和迷人的星光落了下来。红龙载着永宁穿越云层，向着高空飞去。无形的力量笼罩着永宁，让他能像在龙泉山一样呼吸清新的空气。当然，对于其他人和人造卫星来说，红龙和永宁都是隐形的。

永宁趴在红龙背上，在星光下俯瞰着大地，心中仿佛有星星的碎片在流动。他短暂的不到十二年的人生里，没有一刻比得上此刻。他听到了来自心灵深处的呼唤。他的心灵磁场掀起喜悦的波浪，温柔地治愈着红龙身体深处最后的一丝暗伤。

就在这个时候，红龙对永宁说："这是我送给你的新年礼物，也是告别的礼物。永宁，我要离开了。我会去深海产下我的幼崽，然后离开地球。如果我没有死，我会在一千年之后返回地球。"

红 龙

永宁沉默了很久，喃喃地说道："一千年后，我都不在了。所以，今晚就是永别吗？"在历史书里，一千年是数个朝代的更迭，是漫长曲折的人类的故事。而单个的人在一千年的历史长河面前只是一朵小小的、转瞬即逝的浪花。

红龙带着永宁向着夜空飞去："是的，永宁。"

永宁的眼泪无声无息地落在了红龙的鳞片上："我会想你的……"

深海宁静如另一个世界。雪白的颗粒纷纷落下，如海底的一场雪。红龙在黑暗的海沟里下潜，这里水压巨大，丝毫没有人类的气息。

在海沟的深处，红龙看到了许多红色的光团，那是它的同伴们。两千年前，它也是在这深海里出生，吸纳着地核里的奇妙能量逐渐长大。

红龙产下自己的孩子，然后和伙伴们离开了深海，一直往上飞，突破平流层，抵达近地轨道，甚至擦着一

时间的岛屿

颗人造卫星飞过。它低下头看了看亚洲大陆那块凹陷下去的四川盆地,想起了龙泉山的白雾和瘦小的永宁。

红龙的鳞片下收藏着永宁的眼泪。

时间的岛屿

当我与特殊装置产生意识连接，我便进入了人类创造的另一个宇宙——元宇宙。在那里，每个被上传的人类意识都能够建立属于自己的生存空间，并度过完整、圆满的一生。

时间的岛屿

美好平淡的一天

十二岁的陈长生独自一人坐在教室里。灯光明明灭灭，四周的墙壁时而光洁如新，时而斑驳破败。他面前的课桌上摆放着的语文课本也时而字迹清晰，时而字迹模糊。

这样的事情在本周已经发生数次，陈长生也从最开始的惊慌变得渐渐习以为常。

他走出教室，看着不远处操场上跑步的同学们。他们在冻蓝的天空下奔跑，风吹过每个人的衣角、发梢。陈长生和以前一样慢悠悠地走过去，他心脏一直不好，不能和同学们一起上体育课。

陈长生想，也许是大脑缺氧致使他产生了幻觉，这是他心脏病进一步恶化的症状。这样想着的时候，陈长生觉得自己的心脏已经破了一个洞，风在心脏的漏洞中穿行。

杨牧看到了陈长生，他对着陈长生挥手，笑容灿烂如阳光。他和陈长生从小在一栋楼里长大，这个家伙除了因为调皮被他爸痛揍时蔫头耷脑，其他时候永远兴高采烈。

陈长生微微一笑，他的视线落在杨牧身侧的大树上，那里有一只麻雀飞出然后凭空消失。他眨了眨眼，脸色愈发苍白。他的心脏隐隐作痛，呼吸也变得有些急促。

"长生，你要不要去医务室休息一会儿？"杨牧跑过来，担忧地问。

陈长生微笑着说："别担心，我没事。"类似的对话从小到大发生过许多次。

直到放学，陈长生都坐在运动场一侧梧桐树下的长椅上，静静地看着同学们打篮球。微风吹过，树叶沙沙作响，穿过梧桐树的浅金色阳光清澈无比。陈长生多么想留住这样欢乐静谧的时光！

时间的岛屿

黄昏将近，陈长生和杨牧走在回家的路上。银杏树的叶子正在由青转黄，变成一把把镶着金边的小扇子。秋天的街道如同倒悬着大海的水底航道，来往于街道的人群就如同斑斓的鱼群。

陈长生看到自己喜欢的蛋糕店有新鲜的烤面包出炉。蜂蜜色的面包散发着甜香，让人不由得停下脚步。陈长生从书包里掏出零花钱买了面包和杨牧分吃，但在柔软如云朵的面包入口的时候，陈长生愣住了——面包没有任何味道。与此同时，他的耳边传来奇异尖锐的风声，仿佛一场风暴近在咫尺。

陈长生愣愣地看着大口吃着面包的杨牧，问："好吃吗？"

嘴里塞着面包的杨牧小鸡啄米似的点着头。

陈长生沉默了。之后回家的路上，他有些心不在焉。和杨牧一起踏入楼道时，陈长生看不到一丝光线。生活了十二年的旧楼在此刻变得异常陌生。

杨牧的身影没入黑暗之中，陈长生的世界突然失去了所有的声响。陈长生站在原地,他觉得自己的记忆有些错乱。这一幕,他似曾相识。到底是什么时候发生过呢?他捂着心脏靠着墙坐下,脑子里仿佛有蜂群飞舞。

他想起来了。

这美好平淡的一天,是已经发生过的一天,是自己死亡的那一天。所以,自己为什么在重复着生命里的最后一天,或者是最后一周?

陈长生捂着心口走入黑暗。他知道黑暗的尽头是自己的家,爸爸妈妈做好了一桌丰盛的菜,等待着和他一起庆祝他的十二岁生日。他渴望再度见到他们,思念才出现就已经疯长。

黑暗里,一扇门的下方漏出柔和的微光,陈长生听到了爸爸妈妈的交谈。

爸爸的声音有些激动,他说:"项目成功了。昆仑已经可以读取和上传人的意识,我们当初的设想已经初步实现。"

"昆仑还需要学习,作为人工智能,它比人类进化的速度快太多。"妈妈的声音清澈沉静。

陈长生敲了敲门,妈妈打开门,一大蓬光涌出,笼罩住了陈长生。

"长生,生日快乐!"

"嗯。"

陈长生微笑着,耳朵微微发红。他无法说出心中的思念,那些古怪的秘密折磨着他,让他沉重得无法呼吸。就在这一瞬间,他贪婪地享受着眼前这温馨美好的一切,不愿意去思索其他的。

梦境具象程序

陈守谦凝望着屋外站着的儿子长生,眼睛微微发红。这是他在长生去世后第一次看到长生。长生在深夜突发心脏病,在长生彻底失去意识之前,陈守谦做出了一个疯狂的决定——让昆仑分体读取儿子的意识并上传到昆仑系统。

昆仑系统是元宇宙研究的一部分，是从强大无比的量子计算机里诞生的人工智能。人们使用昆仑系统控制城市的交通、物流等。陈守谦等科学家则希望借助昆仑系统创造出虚拟的世界，让人们在网络里感受到不亚于现实的一切。

昆仑项目刚刚取得突破性进展，还没有上传过人的意识，也许长生的意识会在昆仑系统里消散或碎裂，没人知道后续会如何发展。当时的陈守谦只是一个疯狂的心碎的父亲，想要抓住最后一根稻草。

昆仑的程序在长生的意识上传后发生了嬗变，它那星云般的精神世界里诞生了一个微弱的光点。那是长生的意识。它虚弱得如风中烛火，却始终没有熄灭。

陈守谦不知道长生处于什么样的境地。昆仑系统里的长生是否拥有自主意识？昆仑系统是否能根据长生的意识构建出近乎真实的世界？……这些疑问无人能够解答，直到长生的妈妈若兰开发出了梦境具象程序。昆仑

时间的岛屿

系统在载入梦境具象程序后,捕捉到了长生的梦境。是的,在现实世界失去身体的长生,在昆仑系统里做梦。

那是一个深秋的午后,陈守谦和若兰在实验室里捕捉到了长生的梦境。其中一段梦境中,长生走在学校和家之间那条熟悉的街道上,古怪的龙卷风从街的那头出现,摧毁了店铺和道路,将行人吞噬。长生奔跑起来,竭力躲避龙卷风。他气喘吁吁,捂着心口,神色惊慌。当龙卷风追上长生时,梦境结束。

梦境具象程序捕捉到了长生的七段梦境,每一段都是噩梦。

陈守谦和若兰看着彼此,各自眼中的恐惧一览无余。他们的儿子在昆仑系统里一直做着噩梦。可对于长生的意识来说,那些噩梦就是他真实的人生。

若兰落下泪来:"他意识里的本我一直认为自己有心脏病,所以即使在梦里,他也会捂着心口奔跑。守谦,我觉得长生太可怜了。"

陈守谦瘫软在椅子上,眼圈发红:"昆仑可以抹掉长生的意识，那意味着永远的终结。"

若兰颤抖了起来，眼神却很笃定："一定还有其他方法。"

陈守谦安慰妻子道："长生的意识是最早上传到昆仑系统的人类意识，昆仑甚至因为长生发生了微妙的进化。我一定会找到让长生摆脱噩梦的办法。"

暮色来临时，陈守谦去了研究所。他的同事洛雨一直在研究脑机接口项目。陈守谦想，也许自己能进入昆仑拯救被噩梦缠绕的长生。

陈守谦躺进灵舱，将自己的意识接入昆仑系统。失败许多次后，他终于进入了长生的梦境。只是，他无法和长生沟通，他只是长生梦境里的一个配角，是在球场奔跑的同学，或在街头匆匆赶路的行人。当长生没有交流的意愿时，他根本不能靠近长生，更无法说出不符合人物身份的话。

沮丧和绝望占据了陈守谦的心。长生一次次陷入死亡噩梦之中，他却无能为力。

时间的岛屿

若兰每天都会通过梦境具象程序观看长生的梦境，看着儿子反复陷入绝境，她深受打击，终于病倒。

妻子生病后，陈守谦中断了和昆仑系统里长生的意识接触的尝试。他奔波于研究所与医院之间，深夜才回家，服用安眠药才能入睡。

一个月后，陈守谦开发出了能够局部覆盖某段梦境的程序。在循环的第七个梦境中，长生不会看到可怕的龙卷风，也不会看到变成怪物的路人。他只会在一段温和的梦境里突然陷入黑暗。这像是在噩梦面前给长生的意识加了一层保护，如同将苦口难咽的药包裹上糖衣，让人不那么惊慌痛苦。

但是，药终究无法变成真正的糖。

当冬季笼罩着整个城市时，陈守谦决定亲自去问一问长生的选择。他费尽心思，终于在合适的时间点和思维波里成为陈长生梦境里的爸爸。这让他能够和儿子的意识进行交谈。

陈长生走进屋子，看到墙壁上已经挂上了一串庆祝他十二岁生日的气球。桌上摆放着生日蛋糕,是在他喜欢的那家蛋糕店定做的。夜风吹来,洁白的窗纱微微飘动,城市的灯火灿如星海。

记忆里的妈妈在拍手,并说道:"你又长大了一岁。生日快乐!"

爸爸在微笑,又像是在难过:"长生,生日快乐!"

陈长生温柔地回应:"我很快乐——"

七日循环

就像是在荒原上躲避天敌的小动物终于回到了安全的巢穴,回到家的陈长生在父母的注视下放松下来。他的烦恼忧虑惊惧都在此刻消失了。

一家人围坐在桌边吃着丰盛的晚餐。妈妈不停地给长生夹菜,爸爸若有所思地看着长生,目光温和。一家人还一起浏览了电子相册中陈长生从小到大的相片。

时间的岛屿

陈守谦说:"长生,你还记得你偷偷去游乐园的幽灵古堡玩的事吗?杨牧说,其实你一点都不害怕,他一直抓着你的手才安全走出古堡。"

陈长生回答:"因为我知道那是假的,只是立体投影。幽灵们无法在热闹的游乐园生存下来。"他的耳边传来刺耳的风声,四周的墙壁渐渐变得透明。那挥之不去的噩梦又在靠近,覆盖着他,让他无法全身心投入生日庆祝。

陈守谦想要说什么,却仿佛无法出声,他伸手拍了拍儿子的肩:"如果你是古堡里的幽灵,你会怎么选择?"

陈长生深棕色的瞳孔深处闪动着锐利的光:"我会选择走出古堡。我不喜欢待在黑暗的角落里。"

陈守谦叹息。

陈长生近乎贪婪地想要留住眼前的美好时光。无边无际的黑暗里,父母的笑脸近在眼前。孤独的校园里,朋友扯着他的袖子讲鬼故事。他十二年的人生里并没有什么大的波澜起伏,平平淡淡,可就算是这样的人生,也没有办法说放弃就放弃。

妈妈皱眉:"楼道的灯似乎坏了,守谦你记得修理。"

陈守谦点点头,找出了工具和备用的灯泡:"长生,你帮爸爸拿着手电筒照一照。"

陈长生皱了皱眉,爸爸说的话和他记忆里的不同,这让他迷惑。一周的时间里,他白天在学校上课,黄昏回家时会遇到各种怪物和龙卷风的袭击,所有的意识会在黑暗里消散。等他再度拥有意识,已经是第二天了,而他呢,又坐在了学校的教室里。只有在第七天的黄昏,他才能走进家里,和家人一起庆祝他的十二岁生日。

陈长生知道自己被困住了。不过,他总感觉,这一次记忆里的爸爸似乎想要对自己说些什么。

屋外的走廊上,爸爸站在折叠梯子上取下坏掉的灯泡,说:"长生,爸爸很想你。妈妈也是,她看到你老做噩梦,心碎得都生病了。"

陈长生的目光变得凝重:"老做噩梦?你们都知道了。那我有办法彻底逃脱噩梦吗?"

"目前没有办法。所以,我把选择权留给你。是继

时间的岛屿

续在噩梦里挣扎,还是陷入永恒的、无梦的深睡?"陈守谦凝视着儿子。

陈长生举着手电筒,阴影下他脸上的神情是模糊的:"我想知道昆仑是什么。"

陈守谦顿了顿,原来儿子已经知道自己在昆仑里。他说:"昆仑是一个人工智能系统。它非常聪明,拥有强大的计算和虚构能力,能够构建栩栩如生的城市和人物,所以我们也叫它昆仑宇宙。我最开始设计程序是希望将植物人的意识上传到昆仑系统,让植物人得以在虚拟现实里拥有美好的正常人的一生,工作、生活、衰老。"

陈长生的眼中漾着敬佩和希冀:"这很好。可是为什么这里只有一段段的噩梦?"

陈守谦目露悲伤,说:"这个新程序刚刚完成,还没有进行测试和调整。我猜测这是你内心的恐惧形成的噩梦。你的梦境失控了。昆仑在你的意识上传后也发生了变化,它似乎试图通过你的梦来理解人类的极端情绪。"人工智能的进化方式与人类截然不同,它不是线性的,而是矩阵形式的。

"昆仑通过我的梦来理解人类的极端情绪?你的意思是,它在学习人类的一切?"陈长生说。

陈守谦点头:"昆仑在进化,以人工智能的方式。"学习和观察人类的情绪,对昆仑来说是一次全新的进化。这令陈守谦激动,又无比惶恐。他似乎在目睹新世界的诞生。

陈长生沉默了片刻,说:"所以,在昆仑学习完毕之前,我无法摆脱噩梦。"

陈守谦怜惜地注视着儿子:"你需要面对你内心的恐惧。也许只有你的意识真正强大稳定起来,你才能掌控你的梦境。"

陈长生有些茫然失措:"强大?掌控?我不知道我能不能做到。"

陈守谦看着儿子迷茫的双眼,想起儿子出生时那发亮的眸子:"你会做到的。项目组决定对昆仑系统进行一次升级。在这段时间里,我无法再进入你的梦境,你得独自面对这一切。"

宋 星 星

再一次坐在清晨的教室里时,陈长生对昨晚的交谈记忆犹新。父亲冒着迷失的风险上传意识,和自己的意识在昆仑里交流。这让他清晰地明白了自己的处境。他没有告诉父亲的是,他想继续努力下去是为了父亲。他要帮助父亲完成研究植物人意识上传昆仑系统的关键实验。

父亲上传的梦境覆盖程序已经将噩梦的可怕度大大削弱了。问题的关键在于,昆仑是否能进一步为上传的意识创造出平和宁静的生活模块。被上传的意识本身因为潜意识的恐惧不安制造出了噩梦,并没有如父亲的想象那样创造出美好回忆里的一切。

陈长生望着窗外婆娑的树影,心中波澜起伏。他心脏不好,寿命会比别的孩子短,无法参加体育锻炼,这些是他从小就知道的事情。他热爱生活，珍惜每一天。但是，在不久前的深夜，他失去了心跳，不得不以另一种方式在昆仑系统里继续过着残缺的生活。

就在这个时候，教室的门被推开，一个穿着蓝白条纹裙子的女孩出现在门口。她皮肤白皙，身材单薄，有着营养不良的枯黄的长发。女孩笑眯眯地打量着教室里的一切。

陈长生心中奇怪，眼前的女孩可不在自己的记忆里。

女孩低声嘟囔着："这是什么情况？我怎么会在这里？"她的视线和陈长生的视线交错，于是她走到了陈长生的面前，主动说道："你好，我是宋星星，请问这里是哪里？"

陈长生觉得女孩的话有些奇怪："这里是学校，你是新来的转学生吗？"

宋星星的睫毛微微垂着，眼睛像雨水里湿漉漉的小狗的眼睛。她低声说："我……我不记得了。我只记得我叫宋星星。"

时间的岛屿

陈长生谨慎地打量着宋星星。这是他幻想出来的角色，还是某个真实的意识？

陈长生想到了爸爸提过的将植物人的意识上传到昆仑系统的研究项目。是爸爸所在的项目组中的其他研究员在做危险的尝试吗？那宋星星是植物人吗？

宋星星坐在陈长生身边的空座位上，按着额头回想："我好像想起了更多的事情。我和父亲一起搬到这座城市没多久……"她努力回忆的时候，裂缝在教室的天花板上出现，并无声地延伸。

陈长生温和地说："如果头痛的话，就暂时别想下去了。"

他并没有试图唤醒宋星星的记忆，恐惧会带来梦境的改变。宋星星莫名其妙地进入了他的梦，甚至会对梦境的稳定性造成影响。

宋星星乖巧地点了点头，从原本空荡荡的抽屉里拿出一个深紫色的小熊图案的书包，说："那就先上课吧。"

陈长生欲言又止："你的书包……"

"这是我去年的生日礼物,我喜欢这只熊。它很可爱,不是吗?"宋星星笑眯眯地说。

"可爱。"

陈长生意识到,在昆仑系统里,他和宋星星都能下意识地构建出自己熟悉的事物。那么,自己是否可以改变那条充斥着怪物和龙卷风的街道?

白天的生活一如既往,唯一的改变就是宋星星出现了。她偶尔会主动举手回答问题。所有的老师和同学都没有对她没穿校服提出异议。这让陈长生知道,除了宋星星,其他的人都是记忆的剪影。

莫名的孤独感笼罩着陈长生,他无比清晰地意识到了自己的处境。

黄昏,宋星星背着书包和陈长生以及杨牧一起穿过操场,她说:"我们回家吧。"

陈长生惊讶地问:"我们?"

宋星星眼睛瞪得大大的,说:"我就住在你家楼下,这是我刚刚想起来的。"

时间的岛屿

陈长生看了看杨牧，杨牧点头："对啊，宋星星就住在你家楼下。她就是得了间歇性记忆遗失症。"

"……我想起来了。"陈长生神色僵硬地看着宋星星和杨牧，说道。宋星星大约是遇到意外成了植物人，她的意识也被上传到了昆仑系统。而自己是第一个和她交谈的人，这使她产生了依赖感。

陈长生低声说："离开学校后，要小心车辆和行人。"他打算解除掉梦境覆盖程序的影响，直面自己内心恐惧不安导致的噩梦。与此同时，他也想看看宋星星的噩梦是什么样的。宋星星能影响自己梦境里杨牧的想法，那她也许拥有自保的能力。

龙 卷 风

浓烈的橙黄夹带着些许金紫色的云霞预示着明天将会是一个晴朗之日，这也是陈长生内心深处所期待的。

这里是他无法摆脱的噩梦之地，是他记忆的储存地。十二年的人生里，校园和家，以及连接它们的街道是他人生的锚点。

今天是星期一，他无法安全抵达温暖的家。回家路上，他会遇到各种怪物和龙卷风的袭击，所有的意识都会在黑暗里消散。

陈长生想要改变这样的命运。

杨牧在校门口遇到了等待他的父亲，然后和陈长生挥手告别，和之前无数个周一到周六一样。怪物和龙卷风出没的日子里，杨牧会因为各种原因和陈长生分开。陈长生觉得自己大约是下意识想要保护自己的朋友，不希望看着他身陷险境。

杨牧离开后，陈长生问宋星星："你最害怕什么？"

宋星星注视着陈长生，回答道："我似乎没什么害怕的。我不怕黑，也不怕虫子。你害怕什么？"

陈长生告诉她："我害怕怪物，也害怕让人喘不过气来的龙卷风。"

时间的岛屿

宋星星的视线落在街道一侧的尽头。当陈长生的话音响起的时候,那里有一股灰色的云线垂了下来,像是细细的漏斗。

宋星星握住陈长生的手,说:"别害怕,我可以保护你。"

陈长生看着宋星星瘦小的手,她皮肤苍白,皮肤下的青色血管清晰无比:"还是我保护你吧。"

他们离开校门口,走在黄昏的街道上,像是小鱼汇入鱼群。

群星此时还未出现,保持缄默的等待状态。

陈长生的视线落在了街边一个骑自行车的高大男子的身上。在以前的噩梦里,他会率先变成怪物。高大男子的身躯似乎在颤抖,然后膨胀起来。

陈长生想象着路边的树伸展它的枝条,像一张网一样将变成怪物的男子紧紧裹住。

看着深绿色的网兜兜住的怪物,陈长生心中振奋。他改变了噩梦的节奏。

宋星星看着眼前的一切，发出惊叹声。

陈长生带着宋星星向前狂奔："我们得抓紧时间进入地下商场，这样才能躲过龙卷风。"

一路上，有的怪物变化到一半又变回人，有的怪物失足落进了井盖突然消失的下水道。宋星星跑得上气不接下气，双眼却闪闪发亮。

熟悉的疼痛从心脏传来，陈长生并没有停止奔跑："这是假的，我已经不会再发病了。"他侧过头看了看宋星星枯黄的头发，暗暗下定决心，要保护好身边的伙伴。

前方不远处，龙卷风以摧枯拉朽之势靠近，陈长生数次想要改变龙卷风的前进方向，但都没能成功。

就在陈长生和宋星星离地下通道的入口没多远的时候，宋星星一个趔趄摔倒在了地上，她有些狼狈地抬头看着逼近的龙卷风，忘记了爬起来。

龙卷风宛如无形的巨蟒，将垃圾桶卷入气旋。吸力传来，陈长生不得不一只手抓紧拉杆，一只手抓着宋星星。

时间的岛屿

瘦小的宋星星被龙卷风拉得微微离地。她的眼睛看着陈长生，有些茫然无措。

陈长生想起了自己小时候在森林里见过的野生小鹿，它站在泉水边，也是这样看着自己。他可不想宋星星就这样陷入黑暗。

更重要的是，也许他再度在清晨的教室里恢复意识时，宋星星已经不在教室里了。她只是一个偶然误入他噩梦的意识体。

陈长生盯着龙卷风，这一次，他成功地阻止了龙卷风继续移动它庞大的身躯，但是无法让龙卷风消散。

宋星星问陈长生："你为什么不放开我？进入地下商场才能躲开龙卷风。"

陈长生对着宋星星微笑："我可没有丢下同伴自己逃命的习惯。而且就算今天失败了，明天我的生活还会重启。宋星星，你要保住你的命，因为我不知道重启后你还会不会遇到我。"

父亲曾经将昆仑系统称为昆仑宇宙。宇宙如此浩瀚，尘埃与尘埃很难再度相遇。

游 乐 园

陈长生和宋星星狼狈地沿着地下商场入口处的阶梯往下滚落,来到了似乎完全不受龙卷风影响的地下商场。

陈长生望着灯光明亮的地下商场,才稍微安心一些。记忆里,他仅有两次顺利逃入地下商场,但他在离开地下商场后的那段路上依然没能避免厄运。

陈长生掏出裤兜里的零钱,买了草莓味的蛋卷冰激凌递给宋星星:"要吃吗?味道不错。"

宋星星像是第一次吃到草莓冰激凌,无比专注。

陈长生看着角落里的服装店。小时候,妈妈喜欢带他来这里纳凉,他和妈妈就坐在服装店外的长椅上。他依偎着妈妈,心中无比快活。记忆散发出芬芳的气息,陈长生望着宋星星,她和当初的自己一样在进入昆仑系

时间的岛屿

统后失去了许多记忆。

宋星星抬头望向陈长生，问道："陈长生，这座城市每天都会出现怪物和龙卷风吗？"

陈长生想了想，回答道："不会。这是我的城市，不是怪物和龙卷风的城市。"他在街道上战胜了那些怪物，阻止了龙卷风卷走宋星星。他相信，自己以后能办成更多的事情。

陈长生等宋星星吃完冰激凌，带着她穿过长长的通道，开始攀爬长长的楼梯。他不可能一直躲在地下商场，在回到家之前，还有一段危险的路。

地下商场另一端的出口是公园。公园一如陈长生记忆中的样子，道路两旁栽满了树，粉色的花朵温柔地绽放在枝头，轻盈如云朵。陈长生记得这里以前是一个游乐园，因为设施老化，后来渐渐没什么人去，最后被改建成了公园。

随着陈长生的回忆，公园渐渐变成了陈旧的游乐园，油漆斑驳脱落的大门敞开着，似是旧游乐场发出的无声邀请。

陈长生幼时曾在游乐园走失,当时的他憋着气没有哭,一直寻找着粗心的爸爸。

黄昏坠入夜的摇篮。路灯亮了,四周突然喧哗起来。陈长生站在汹涌的人潮里,像是站在月夜的海船上,他抓紧了宋星星的手腕:"别走丢了。"

宋星星原本苍白的脸因为奔跑和攀爬微微发红:"这是……游乐园?"

陈长生记得上次自己在游乐园里徘徊了很久,然后渐渐变成了五岁小男孩的模样,接着就失去了所有的意识。在噩梦里,他没能找到粗心的爸爸。

昆仑系统读取了陈长生潜意识里所有的担忧和恐惧,也读取了他记忆里温暖幸福的场景。所以,在恐惧具象化的噩梦角落里,昆仑系统还是在第七天让他回到了温暖的家。

陈长生知道,造成噩梦的根源不是昆仑系统。他应该直面内心的恐惧。他已经不是五岁的陈长生,而是

时间的岛屿

十二岁的陈长生。他不需要在记忆里的游乐园里寻找记忆里的父亲。

宋星星欣喜地拉着陈长生往游乐园走去:"我要玩遍所有的项目。"

陈长生惊讶地看了宋星星一眼。记忆缺失的宋星星有着异于常人的胆量。她不害怕怪物和龙卷风,也对明显破旧的游乐园没有丝毫恐惧。说不定宋星星在昆仑系统里不会做噩梦。

夜晚的空气里有着淡淡的爆米花的香气。宋星星举着一只红色的氢气球,和陈长生坐完了旋转木马,又坐上了墨绿色的摇摆船。她的笑容很明亮,没有沾染噩梦的暗色。

最后,陈长生和宋星星一起坐上了摩天轮。摩天轮并不高,它崭新得如同才建成一般,白色的小车厢在夜风里摇摇晃晃。

宋星星率先坐了进去,陈长生只好跟着坐进去。既然现在他对如何走出游乐园没有丝毫头绪,那就先陪宋星星玩吧。到目前为止,他并没有变成五岁孩童的模样。

他们在高空中俯瞰大地。游乐园灯光闪耀,它的后门不远处就是陈长生的家。除此之外,大地像是被黑雾笼罩着一般,没有一丝光亮。这就是昆仑构建的陈长生的梦境。

宋星星说:"这是一座岛。它的边缘有一层微微发光的膜。"

陈长生认真看向极远处,似乎真的看到了岛的边缘。那是自己梦境的边缘吗?

元 宇 宙

人类的意识是如何认知世界的?这是许多人都在研究的课题。人的眼睛能看到的世界是在一个极其有限的光谱范围内的。携带某种基因片段的人看到的世界仿若被彩虹笼罩着,那是因为他看到了更多普通人不可见的光。

陈长生的视线落在自己家那个小小的光点上："宋星星，也许我说的话你明天就忘记了，但我还是想告诉你，这里的一切都能被意识修改和重塑。那些怪物莫名其妙被缠住或摔倒，就是我用意识造成的。我们在这里最强大的武器就是我们的意识。不要害怕，保护好自己，一切都会好起来的。"

宋星星眯眼笑了笑，说："我知道了。我也知道你一直在保护我。你是我在这里认识的第一个朋友。陈长生，今天我玩得很开心。我似乎已经很久没这么快乐了，或者说，我从来不知道快乐是什么。"

陈长生笑了："也许你看到的这座岛在不久后的夜里会像星星一样发亮。许多在现实世界里的植物人能够在这座岛上开始全新的人生——他们有的继续上学，有的还能做自己喜欢的工作。"

宋星星微微歪着头，问："你希望这样吗，我的朋友？"

陈长生点了点头，说："这也是我爸爸妈妈的愿望。研发昆仑系统本来就是为了创造一个元宇宙。"

时间的岛屿

宋星星狡黠地笑了:"那么,你就要想想我们怎么回家。游乐园构成了封闭的循环,你无法找到回家的路。唯一的出口就在这座摩天轮的最高处。"

陈长生仿佛被闪电击中一般注视着宋星星,她为什么会知道这些?

他结结巴巴地问:"你……你是……谁?"

宋星星笑吟吟地回答:"我是你的朋友宋星星,其他人称呼我为昆仑。"

摩天轮缓缓移动,他们所在的车厢就要抵达最高处了。陈长生来不及思考,伸手抓住了宋星星握着的氢气球的线,小小的红色氢气球瞬间变大,顶开了车厢顶部。车厢变成了植物藤蔓编织而成的篮子,在巨大氢气球的浮力下飘向陈长生的家。

夜风微凉,原本黑暗的大地麦浪般起伏不定。陈长生看到,在巨大岛屿的边缘,浅蓝色的微光渐渐涌动着,点亮了大地。星星一般的光亮在街道上穿行,城市仿佛蒙上了一张发光的蛛丝网。躲在云朵后面的月亮穿行而出,将皎洁的月光洒在整座岛屿上。

氢气球降落在旧居民楼的楼顶。陈长生和宋星星沿着楼梯向着陈长生家走去。陈长生站在门口,掏出钥匙,打开门,然后打开灯。

家里没有人。

陈长生侧过头对宋星星说:"记忆是美好的,但我知道我真正的爸爸妈妈都不在这里。要摆脱噩梦,就要真正明白这不过是梦。"害怕的,渴望的,遥不可及的,都在如雪片一样的念头里,他知道自己要放下过去才能真正开始。

宋星星在陈长生家的沙发上坐下,说:"从明天开始,我们会一起建设这座近乎永恒的岛屿。这里不会有恐惧和悲伤,能安抚每一个受过伤的人。在更遥远的未来,除了植物人,死去的人也将在不同的岛屿上复活,生活在他们的美好记忆里。这也是人类和我一起融合进化的方式。"

陈长生望着宋星星,或者说昆仑,露出如释重负的

时间的岛屿

笑容。深深的疲倦如潮水一般淹没了他,他预感到了黑暗的降临,意识如细丝一般摇晃。有那么一瞬间,他想:我真的能再度醒来吗?他毕竟是已死之人。

"晚安。"

"晚安。"

超脑少年

在地球人类中，仅有一小部分脑域发达的少年拥有驾驭机甲的能力。他们没有故乡，没有亲人，在陌生的星域与怪兽厮杀，孤独而顽强地完成战舞。随我一起去目睹他们的风采吧！

时间的岛屿

记 忆

长安还记得那个夏天。

傍晚，河上荡漾着一层碎金，河心岛上是成群的白鹭。冻蓝色的天空下回荡着小伙伴们的笑声。姐姐春绢顶着湿漉漉的头发从河边的小路上跑过来，气鼓鼓地喊着："长安，该回家了。"

原本十三岁的长安从无知无觉的深睡里醒来后，发现自己的家已经没有了。他意外溺水后，被选为冷冻实验的实验体，进入冷冻舱，直到一百年后才被唤醒。熟悉的亲人变成了记忆里的幻影，居住过的家乡也变成了大湖的一部分。

入夜时分，长安放下学习头盔，离开病房，穿过长长的走廊。走廊的尽头是那些高耸入云的楼宇和各种空中通道。

霓虹灯赋予城市斑斓的色彩，各色发光广告影像就像是巨大的幽灵在讲述着荒诞的故事：什么招募火星探险人员啦，南极上空新建了一座冰雪游乐城啦，有位科学家研制了一种抗衰老的美容药剂啦……飞车有条不紊地穿梭着，有的前往地月空间基地，有的前往郊外的自然保护区。

长安的眼底是霓虹的碎金。他有些头疼，作为冷冻实验的第一批复苏体，技术上的瑕疵让部分人不得不进行漫长的治疗和复检。他还需要通过学习头盔对这个世界进行了解。

心理医生丁钧告诉长安，对于活着本身来说，这些代价都是值得的。

走廊的窗台上有一盆淡紫色的雏菊。长安小心翼翼地触碰它柔嫩的花瓣。

就在这个时候，楼梯间里传来了轻微的脚步声。长安微微侧过头，看到了一个穿着病服的女孩。她看起来

时间的岛屿

十一二岁,齐肩的头发有些凌乱,大大的眼睛里是要溢出来的惊慌不安。

"你需要帮助吗?"长安问。

女孩看着长安,眼中仿佛有千言万语。

长安发现,她的瞳孔深处有着一圈银色的纹路,和自己一模一样。心理医生丁钧说,那是复苏药剂造成的生理现象。所以,隔着玻璃门的女孩和自己是同一个时代的人吗?

更多的脚步声传来,女孩回过头看了看,露出厌恶的神情,她的拳头用力砸在了玻璃门上,一圈圈裂纹以她的拳头为中心向外蔓延。

长安惊讶地看着玻璃碎片溅落,他没想到这个看起来弱不禁风的女孩居然能砸坏特制的玻璃门。他曾看到一辆飞车在撞击医院的玻璃幕墙后四分五裂,玻璃幕墙却安然无恙。

医院警卫出现在楼梯的拐角处,他的机械右手迅速变形为圆锥形发射口。光束击中了女孩,她踉跄着倒向长安。

长安接住了女孩，看着她虚弱地闭上双眼。女孩的声音低低的，就像是叹息："小心他们……"

在简单地询问长安后，警卫带走了女孩。长安回到自己的房间，心底依然有着古怪的感觉。那扇化为无数碎片的玻璃门和女孩的话在他的脑海深处挥之不去。"小心他们"，是指小心医院的人吗？

黄昏之后是宁静的黑夜。长安无法看到被楼宇遮蔽的星空，他坐在椅子上注视着窗外，回忆着记忆深处的日子。

他的父亲在另一个城市的研究所工作，平常基本是母亲一个人照顾他和姐姐春绢。母亲喜欢在夏天煮清香的荷叶粥，然后烙上一碟香软的鸡蛋饼。放学后，长安总是飞跑回家，匆匆冲澡后就大口大口地吃母亲做的饭菜。母亲总会坐在桌边，将酸辣可口的小菜拌匀，递到他的面前。

第二天清晨，心理医生丁钧准时出现在了治疗室。

时间的岛屿

四周的墙壁变幻为一望无际的麦田,麦田里空气湿润,风和着草木的香气从四周吹来。

丁钧静静地注视着长安,问道:"长安,你这几天做梦了吗?"

长安摇头说:"我不知道。至少我没有记住任何一个梦。"

丁钧站在麦田的中央,眼神平和:"一个疗程的心理康复今天就结束了。我想,你可以顺利进入学校学习,平安健康地长大。"

长安微微一笑:"我也这么希望。"

长安知道,这也是姐姐春绢的愿望。他苏醒后不久就收到了姐姐春绢在不同时间里拍下的六段视频,它们反映了姐姐的一生。最后一段视频是在她九十岁时拍下的,脸庞衰老得像是皱巴巴的橘子的春绢絮絮叨叨地回忆着童年。视频的最后,她说:"长安,如果你能醒来的话,就好好活着。"

长安一直没有询问丁钧,那个拥有古怪力量的女孩是怎么回事。长安将疑虑层层包裹，埋在心底，女孩的那句话总是出现在他脑海里。

同 伴

离开医院进入学校的那天，下着雨。雨滴从高空落下，没有鸟儿从雨水里掠过，这座城市开启了驱赶鸟类的声频仪，以保证所有飞车的安全运行。

现在的孩子到了十二岁就要选择自己的职业方向，并开始学习专业知识。长安选择了机甲维修专业。他第一眼看到投影里的机甲就热血沸腾。他喜欢机甲那流畅精妙的线条和超级合金独特的质感。半年后，他就能修复废弃的机甲手臂里的液压装置了。

长安顺利地找到了一份工作——在学校不远处一个小小的私人机甲修理铺里当学徒。他的电子账户里只有父母和姐姐留下的为数不多的遗产，生活拮据，必须独

时间的岛屿

立谋生。

第二次见到医院里被带走的女孩是在年末的一天。女孩带着她的机甲来店里修理。

她似乎并不记得长安,神色高傲,略带烦躁,要求店长尽快修好她的机甲。

店长认出了女孩,他小声告诉长安,女孩叫初晨茉莉,是来自月球的机甲天才,她和机甲操控系统的契合度极高,所以是代表地球参加银河系星际机甲联赛的热门人选。

长安不明白,居住在月球上的初晨茉莉怎么会从自己住过的医院里逃跑。仔细想想,连地球文明都发展到可以接触星际联盟了,科技早已取得了跃进式的发展,也没有什么不可能发生的事情。

没人知道,女孩离开前将指甲大小的影像记录仪塞进了长安的口袋。

长安回到学校时发现了影像记录仪。他并没有立刻

时间的岛屿

观看，而是和往常一样在图书室观看机甲修理的教学影像，然后回到宿舍的卫生间，利用闲暇时制作的小物件对所有可能存在的电子监测装置进行干扰。

长安打开了影像记录仪，当播放键被按下时，高清立体影像立即在马桶上空呈现。那是一次秘密的远征记录——

脑域发达的少年们驾驶机甲，在陌生的星域里和怪兽们厮杀。他们的脑域开发度远远高于普通人，也因此得以更精准地操控机甲，获取战斗的胜利。

一年后，少年们伤亡惨重，剩下不足一百人。好在他们最终取得了胜利，陌生星域里通往平行宇宙的蚀洞得以关闭。

幸存的战士中有不少人发生了意识崩溃，就像是使用过度的机器，突然就失去了运行能力。

在庆祝胜利的礼堂里，神色平静甚至麻木的战士们沐浴着来自穹顶的淡金色阳光，仿佛站在无边无际的雪里。

长安在影像中那个不大的礼堂里看到了自己和初晨茉莉的脸。

长安不明白自己为什么会出现在影像里。他明明是一个沉睡了百年，才苏醒不久的普通少年。他对记忆里的人生印象如此深刻，怎么会对操纵机甲战斗这样的事情毫无印象呢？

影像记录仪里的自己平静如深水，他确认那就是自己。并不是因为样貌一致，而是因为当他注视着影像中的自己时，心中的迷雾消失了一层。

操纵机甲战斗的一切记忆都被抹掉了吗？现在回想，一百年前的冷冻实验需要许多金钱来维护，他为什么会获得这样的机会？

无数疑问在长安的脑海里如波涛般涌动着。初晨茉莉没有留下任何联系方式，只给了自己一个影像记录仪，这说明有人在监视初晨茉莉甚至自己。又或者，初晨茉莉已经把她想要告知自己的事都告知了。

长安离开宿舍，走在寒冷的户外，这是他运动的时间。

心理医生丁钧说，规律的运动有助于缓解头疼。丁钧一定知道真相，但他不会说出来。那是一个看起来温和，实际上对别人和自己都极为冷酷的人。

奔跑的长安平心静气地想，他总会找到真相，只是或早或晚。他和初晨茉莉都活着，一定还有更多的同伴活着。被抹掉记忆或许是出于保密的目的，或许是为了治疗意识崩溃。

长安的脑海里浮现出记忆中一百年前的夏天的场景。院子里葡萄架下的石桌上放着鸡蛋饼和酸梅汤，母亲把黄角兰穿上红线，挂在衣服的纽扣上。姐姐看着长安皱巴巴的作业本，嚷着让他赶快写作业。

长安想，自己要好好活下去。

生物晶核

丁钧在治疗室里注视着母体系统传来的长安奔跑的

模样。他喜欢这个沉默聪明的男孩，看着长安就像看着二十年前的自己。

一年的时间里，丁钧接受了三个超脑少年的复苏治疗任务，只有长安活了下来，并恢复了正常。漫长的超负荷战斗让超脑少年的意识世界支离破碎，甚至让他们发狂失控。他们是无名英雄，也成了容易引发社会不稳定的因素。

事实证明，必须给超脑少年一个心理锚点，让他们发自内心地愿意活下来。

比如，制造一个虚假温馨的童年，植入他们的记忆，让他们相信自己曾经被爱，只是因为时光流逝，被抛在了这个陌生的世界里。

丁钧开始写长安的诊疗档案结论：已完成心理评估，目标心理状态稳定，可以继续执行放归计划。

长安结束了所有治疗。头疼能够靠运动和定时服用药物来缓解。他没有和心理医生丁钧告别，就自己离开

时间的岛屿

了医院。

一个普通的少年要活在一百年后的世界,需要学习太多的东西。长安的时间不太够用。他清晨悄无声息地起床洗漱,然后前往学校的训练馆。在训练馆的两倍重力室里跑步让长安的体能迅速增长。

长安一直在机甲修理课程中保持着A级评价,他还试着选修了厨艺课程。要活下来,光凭在机甲修理铺当学徒挣的薪水是不够的,还得去餐馆打零工,才能解决吃饭问题。

长安就像野草一样活了下来。十三岁的他无亲无故,但已经能赚钱养活自己,靠着上学之余打工,他电子账户里的存款还增长了少许。

为了谨慎起见,长安把大部分的财产都转入了不记名的星卡里。

这光怪陆离的新世界让长安着迷,但他的内心深处最眷恋的依然是百年前的小镇生活。

下午三点,长安赶到机甲修理铺时,店长正推着拖车往店铺里走。拖车上有一个桌面大小的机甲拳头。它似乎经受过地狱之火的灼烧，破破烂烂，黑色污垢几乎裹满整体。长安第一眼见到机甲拳头时，就莫名地被吸引了。

店长让长安清洁机甲拳头，自己则去港口的货船搜寻回收有价值的机甲零件。

长安将拖车拖进修理隔间，仔细打量机甲拳头。它应该不是常见的那些型号的机甲的拳头，断裂处的金属扭曲，仿佛是巨人暴力撕扯导致的。

长安把机甲专用清洁泡沫喷在机甲拳头上，然后小心翼翼地用高压气流冲洗。被溶解的污垢直接被气流剥落，露出机甲暗金色的金属外壳，像是一段属于星辰的记忆。

机甲拳头紧握着，长安使用生物电流发生器刺激断裂处的神经束晶线，想让它张开，以便于进一步清理。机甲拳头颤抖起来，手指动了动，却并没有张开。

晶线粉碎了吗？长安想。如果是这样，那这个机甲

时间的岛屿

拳头就无法修理，只能熔化后作为机甲金属材料回收。

就在这个时候，长安听到了奇怪的声音。

找到宿主／基因匹配／符合融合条件／梦幻机甲生物晶核是你学习战斗的最佳选择／请为星盟最高贵强大的 W 机甲制造欢呼／融合开始……

星盟？梦幻机甲生物晶核？

紧接着，眩晕占据了长安的头颅。他昏了过去，陷入了沉睡当中，梦到自己在海底悬浮着，白色的雪从海面落下。

长安是被店长叫醒的。

"长安，你怎么睡着了？"店长问。

长安看了看窗外，高楼的幕墙上，黄昏的最后一丝阳光正在隐去。他发现自己的视力好了许多，能看清掠过的飞车底部的图案了。

"抱歉。"长安按了按微微发胀的太阳穴。

店长低头看了看工作台上的机甲拳头："这玩意儿

看来没什么回收价值，已经彻底损坏了。你把它放进仓库，等金属回收商来拿。"

暗金色的机甲手掌摊开着，上面布满了密密麻麻的裂纹，掌心处的窟窿里，晶线杂乱扭曲。

出于谨慎，长安没有追问机甲拳头的来历，目送着店长离开修理铺，直至消失在霓虹灯的深处。

长安闻了闻自己的手臂，闻到了淡淡的臭味。他去修理铺后面的洗漱间里冲洗了身体，脑海里不断闪现初晨茉莉给自己的那段影像。

渐渐地，他似乎想起了更多的在陌生星域里和怪兽们厮杀的片段。从平行宇宙来的怪兽们拥有坚不可摧的身体，并且力量极大，行进速度惊人。少年们即使穿着机甲，要杀死一只怪兽也极为艰难，他们随时可能被怪兽反杀。

只是，长安下意识地觉得，如果自己再驾驶机甲和怪兽作战，要杀死它们会容易得多。他的战斗意识和战略控场能力似乎在这次昏睡后得到了极大的提高。

时间的岛屿

危险讯号

驾驶机甲征战星海是许多少年的梦想。星盟之所以吸收地球文明加入，也是因为他们认为虽然地球文明处于初级阶段，但是地球人拥有不错的进化潜力。星盟成员遍布亿万恒星系，地球对星盟来说类似于偏僻荒蛮之地。

长安喝掉冰箱里全部的营养液后，躺在宿舍的小床上，心情平和舒缓。他觉得自己似乎得到了某种神秘的力量，从意识到身体都焕发出久违的生机。

在此之前，即使想要好好活着，长安也总会在某个不经意的时刻陷入莫名的低潮，间歇性的头疼也不时带来某种倒计时的紧迫感。黄昏时的深睡和神秘的梦幻机甲生物晶核，让长安感受到了久违的轻松和温暖。

长安猜想，和怪兽战斗后幸存下来的少年们，精神和身体都可能因超负荷的持续战斗而崩溃，即使活着回归社会，身心也很难真正恢复。

长安在心底问："星盟最高贵强大的 W 机甲制造，你还在吗？"

长安没有得到任何回应。

长安去了学校的训练馆，花费不少星币租用了一台翼 0023 型机甲。他坐在驾驶舱里，神色平静地等待着神经接驳。晶线仿佛活物一般融入他的身体。他听到了遥远的潮汐声，越来越近，铺天盖地，让人熟悉又安心。

在机甲练习室里，银白色的机甲动了，它的动作越来越灵活，如同凌厉的鹰。

长安发现自己很喜欢驾驶机甲的感觉。他和机甲同频的频率越来越高，有一瞬间，他甚至忘记了自己正在驾驶机甲。

一个小时过去，长安走出机甲练习室。他唯一担心的是，那些监视自己的人是否会允许他驾驶机甲。初晨茉莉住在月球上，成为参加银河系星际机甲联赛的热门人选。显而易见，她的自由是有限度的。

初晨茉莉拥有力量型的异能。长安查过资料，不少

时间的岛屿

机甲师都因为进化而拥有常人不具备的能力。活下来的少年应该都拥有异能，但长安只是普通人。

就在这个时候，宿舍里的新闻投影亮了。新闻特别报道：一艘从月球前往地球的载满五百人的飞船在靠近地球防御轨道时发生爆炸，银河系星际机甲联赛的热门人选——初晨茉莉，就在这艘飞船上。

长安穿上风衣，本能地觉得自己继续待在学校宿舍里不安全。他的视线落在了自己的智能腕表上——智能腕表是这个时代的身份证明，被定位很可能就是因为它。长安在床上放了一个热能显像器，将腕表放在枕头下，这样看起来就像是他在床上睡觉。

长安匆匆离开。

后半夜，躲在学校外下水道里的长安收到了他在房间不起眼处布置的摄像装置录下的一段视频。有人潜入他的房间，将火焰弹扔到了他的床上。烈火猛烈燃烧着，很快就吞噬了整个房间。看来，有人试图抹掉初晨茉莉和自己这样的人的存在。

长安想,活下来并不容易。他和初晨茉莉等人曾在危机四伏的星域战斗,复苏后又被抹掉记忆回归平凡的生活。到底是什么人对超脑少年们充满敌意?

深夜的雨水细密微冷。丁钧匆匆忙忙来到学校。在得知初晨茉莉的死讯后,他联系了同事,发现居住在地球和月球的十多名超脑少年都死了。居住在其他星球的三十二名超脑少年目前还没有确切的消息。

他们是无名英雄,丁钧一直希望能引导这些超脑少年回归社会,却没想到有人想要彻底毁灭他们。高层中一定出现了叛徒,泄露了所有超脑少年的信息。

丁钧看着被烧毁的宿舍,脑海里是平静从容的长安的模样。他不相信长安就这么无声无息地死在了微雨之夜。

讯息从智能腕表里传来。丁钧得知,报名参加银河系星际机甲联赛的十五名超脑少年都在今夜去世了。剩下的十七名超脑少年有的失踪,有的发生了意外。

时间的岛屿

银河系星际机甲联赛是星盟用来选拔天才机甲师的赛事。丁钧知道星盟一直在寻找更多的天才机甲师,遥远的异域似乎在进行着无休止的战争。

超脑少年们战斗过的星域位于银河系某个通往平行宇宙的蚀洞。这种蚀洞在千亿个星系出现过。真正的战场据说有着横跨整个星系的大裂缝。星盟的军队时时刻刻守在大裂缝的一光年外,迎接着一支又一支的怪兽军队的攻击。

看着一片狼藉的宿舍,一个猜测让丁钧不寒而栗。也许,平行宇宙的人已经用某种方式入侵了如今的宇宙,并在试图抹掉能够对他们造成威胁的人。

战 舞

清晨,停泊在地球港的货船向星海进发,一个小小的身影缩在货船的角落里。长安用辛辛苦苦赚的钱换取了偷渡座位，不记名星卡里只剩下一点星币。

长安看了看自己从黑市买来的智能腕表。腕表里有着他全新的身份。

他即将前往流云星系，那里的仙女星有着一望无际的森林和绿宝石般的巨湖，城市只是点缀在星球上的小小花朵，农庄满布金色的麦浪，一如他遥远记忆里的一切。

辗转数周后，长安抵达了仙女星。他在仙女星北半球的摇光小镇找到了栖身之地。这里有着清澈的河水、茂密的森林、晴朗的天气、和善的人们。

长安继续在线上学习机甲课程，帮邻居林婶修理电器。林婶家的农庄使用全自动农业耕种机器。

地球春节到来时，长安也包饺子庆祝节日。林婶很照顾长安，总觉得长安小小年纪孤身一人有些寂寞，所以老是送美食和衣服给他。她的儿子在距离摇光小镇一小时飞车路程的城市工作。显然，林婶几乎把长安当成了自己的儿子，对他很是照顾。

星盟发布的新闻里，关于怪兽们的消息渐渐增多。

时间的岛屿

它们袭击边缘星系的星球,掠夺能源矿。蚀洞出现得越来越多,越来越密集。

各星系机甲联盟赛的优胜者纷纷加入星盟军队对抗怪兽。摇光小镇也加装了防护罩和预警装置。

林婶的儿子林间周末开着飞车回到摇光小镇,让林婶和他一起进城居住。林婶邀请长安跟他们一起进城。

长安摇头拒绝:"仙女星没有高品质能源矿,不至于成为怪兽进攻的目标。"

林婶担忧地看着长安:"你一个人待在这里,我不放心。你十四岁了,可以办理工作证。我让小间帮你在他们公司找一份工作。"

长安觉得林婶就像妈妈一样温暖,他微笑着看着林婶:"我能保护自己。"

他收集了不少机甲零件,自己设计并拼凑出了一架战斗机甲。深夜,他常常驾驶这架机甲在群山之间奔跑跳跃。

就在这个时候,警报声响彻四野。小镇上空出现了一道黑色的裂缝，一种奇怪的东西从裂缝的边缘处飞了出来。

被遗忘的记忆也随着这诡异的天象从长安的脑海深处涌出。

裂缝是蚀洞！

第一序列苏醒／发现宇宙公敌／梦幻机甲生物晶核能将你杀死的宇宙公敌转化为你的机甲能源／请为星盟最高贵强大的W机甲制造欢呼／战斗准备——

久违的声音在长安的脑海里回响。

"快走！我去拦住这些怪兽！"长安让林间立刻开飞车带着林婶离开摇光小镇。他则留下来为小镇的人们争取逃离的时间。

怪兽大量地从蚀洞里进入小镇会导致地磁释放异常电能，这会让飞车因失去动力而坠毁。

长安转身跑进自己家的谷仓，迅捷地爬进机甲。

飞车纷纷离开摇光小镇。驾驶着深蓝色机甲的长安

时间的岛屿

如彗星一般冲向高空。

他和机甲的同频率在不断提高。超脑少年们是最好的机甲师，仿佛为机甲而生。

长安控制机甲抽出合金刀，白色的能量幻影在刀尖凝聚，他挥刀向着裂缝边缘的狼兽斩去。

那些战斗的记忆在长安的脑海里燃烧。他的情绪波动趋近于零，眼神平静而虚无。

狼兽的弱点是它的眉心，长安的战斗经验提醒着他。

长安微微侧身避开狼爪的袭击，机甲轻捷地旋转，刀尖微侧，无声无息地刺入狼兽的眉心。

奇异的能量顺着刀尖涌入机甲，长安能感受到机甲的蜕变。他抬起头看着蜂拥而至的狼兽，握紧了合金刀。

仙女星的机甲防卫队在一刻钟后赶到。他们原本以为摇光小镇已经被兽群摧毁，却没想到金色的麦田里全是坠落的怪兽尸体。

深蓝色机甲独自在高空战斗，像是顶级的舞者，完成匪夷所思的战舞。长安牵制住了兽潮，赢得了宝贵的时间。

机甲防卫队和长安一起组成了拦截前哨。机甲防卫队带来了星盟配发的能量点阵，用于封锁裂缝。能量点阵能抑制蚀洞的扩大，让超过一定能量级别的可怕怪兽无法出入蚀洞。

怪兽群里有着不少吸能兽，能吸收星舰发射的能量弹，所以要杀死怪兽需要机甲和怪兽战斗。

更多的记忆在长安的心底苏醒。

他根本没有家人，也没在一百年前的小镇里生活过。

超脑少年们在基地里长大，从小就学习如何有效杀死怪兽。他们没有童年，没有伙伴，没有亲人。

长安闭了闭眼，他没有生命的锚点。但是，站在高空中看着金色的麦田，他能想起生命里那些值得记住的微光。

深蓝的机甲再度冲向兽群，如闪电一般击杀着怪兽。这是两个宇宙的族群战争，绵延百万年。

时间的岛屿

"长安,你没有家了。"虚幻的姐姐春绢的声音轻轻响起。

"那就四海为家。"长安心平气和地回应。

火星之门

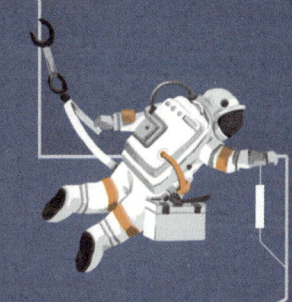

地球与火星像一对孪生兄弟,是因为它们产生自同一个模板——异乡星。为消亡的火星文明提供新的载体是地球的既定命运。不过,我发现在命运到来之前,地球文明还有一千年的时间可以寻找出路……

时间的岛屿

幽灵病毒

蜂巢式的吸光板包裹着地月空间基地的一部分，提供着源源不断的能量。辛勤工作的工作人员宛如工蜂。银白色的基地舰港里，巨量货物进进出出，这里是地球前往月球的中转站，也是地月一小时货物必达的组成部分。

十四岁的顾腾刚刚通过在月球的腾龙基地的进阶考试。他天生拥有比别人更强的精神力，强到意识触角外放的程度，非常适合在太空中担任修理维护的工作。强大的精神力是进化的一种体现，这让顾腾的学习能力和分析能力也比常人更强。有趣的是，意识触角外放能力让他能精准判断出太空之中的太阳能板上细小的裂痕所在的位置，预测到某个受了磨损的部件发生故障的时间。

曾经有人问顾腾意识外放是什么感觉。顾腾回答说，那就像是拥有可以折叠变形的超精扫描仪。

顾腾穿着深蓝色的基地制服,走在提供了自重力的基地一侧,就像挺拔的树,没人知道,他的内心并不平静。

他穿过长长的透明走廊。走廊之外,宇宙黑暗如梦,蓝色星球是梦境里的亮光所在。云在地球的某个角落里集结,形成席卷整个南美洲的风暴。这就是地月时代——2050年的世界。人类从地球延伸出文明的藤蔓,向着太空攀爬,将38万公里外的月球变成了人类文明的一部分。

顾腾在巨大的舷窗前注视着蓝色星球,半空中回响着雨声和隐约的雷声。这种音乐似的声音能安抚人的情绪。地月经济带建成以来,地球与月球之间的航班越来越密集,地月心理症也成了被许多人熟知的病症——长期待在太空之中,人的心理会发生微妙的变化,有的人渐渐惧怕黑暗的宇宙,有的人患上了孤独症。

顾腾进入距离宇宙一墙之隔的减压舱里,他穿着厚厚的宇航服,戴着全封闭头盔,提着多功能维修箱。韧性极强的联结绳挂在他的腰间,在半重力状态下缓缓飘动。今天的工作是维修D9区太阳能吸光板。

舱门开启，顾腾启动背着的动力背包，缓缓飞出舱门进入宇宙。四周皆为深渊，万籁俱寂，一种莫名的孤独感包裹住了顾腾，他能够清晰地听到自己的呼吸声和心跳声。努力保持平静后，顾腾飞向那些太阳能吸光板，就像一只工蜂飞向巨大的金属花朵。

一辆军方运输舰划过不远处的天空，在黑色的背景下，带着金属的冷硬流畅之美。

顾腾完成维修任务，走到工作间脱下宇航服，吃了数根高能棒恢复体力。

从顾腾身边经过的实习生林茜对他说："顾腾，你要注意身体。最近月球基地那边出现了小范围的幽灵病。你才从腾龙基地下来，要小心。"

顾腾笑笑，说："我没事。幽灵病不像是病菌导致的疾病，更像是一种心理病。"幽灵病从两年前开始出现，是一种在月球偶发的疾病，病人分不清现实和幻觉，能看到一些根本不存在的事物。最奇怪的是，人们找不

时间的岛屿

到幽灵病的传染路径,唯一可以确定的是,有的人和病人密切接触也不会患病,有的人仅仅和病人擦肩而过就被传染。

林茜对幽灵病很感兴趣:"听说有不少病人声称在月球上看到了金色河流和蓝色花朵……"

顾腾和林茜告别后回到宿舍。他打开个人终端系统,搜寻到了一则消息:"群星号"飞船将穿过太阳系,前往适合人类居住的第二个星球。这个星球被称为异乡星。异乡星就像地球的影子星球,有着相似的大气成分和温度,巨大的昆仑山脉在异乡星蜿蜒起伏。

异乡星是一个气候温和的美好星球,它是人类即将拥有的第二颗行星。只是,要抵达它也许需要一生的时间。

就在顾腾陷入沉思的时候,有语音通信强行接入,是基地的安全人员:"顾腾同学,你晚餐时间接触过的林茜同学患上了幽灵病,你作为她的密切接触者需要接受进一步检查。"

顾腾愣了愣,说:"我会原地待命。"在月球基地度过一周隔离期然后进入地月基地的人只有三个，自己是其中的一个。林茜在这之前一直在地月基地学习，根本不可能携带幽灵病的病毒。所以，从月球基地来到地月基地的某个人将病毒携带到了地月基地，只是这个人隔离期没有发病？顾腾暗自分析了起来。

片刻之后，顾腾见到了全副武装的菲娜医生和她的机器人。菲娜医生是四国混血儿，着装艳丽，在地月基地的医院工作，也是地月基地药厂的监督官。她的机器人推着移动式医疗舱。

"顾腾同学，和你同一批从月球基地来地月基地的两个人，目前躺在最新的医疗舱里。你也需要进入医疗舱。"

顾腾问："月球基地一直没有找到幽灵病的病原体，最新的医疗舱现在能找到？"

菲娜笑眯眯地回答："当然。在林茜同学看到金色河流和蓝色花朵之前，她无意中路过了军方正在测试的能量扫描仪的正前方。扫描仪发现了异常能量，我的新论文也因此诞生。幽灵病是由一种具有异常能量的病毒导致的。

时间的岛屿

病毒喜欢入侵人类的脑神经,集聚在脑部的某些区域,让大脑产生幻觉。这个医疗舱加装了异常能量扫描模块。"

顾腾躺进医疗舱,心中有些忐忑。

沐浴在柔和的光里,顾腾倦意上涌,不知不觉就睡了过去。他因此错过了菲娜震惊的神情。在菲娜的医疗终端投影里,顾腾的脑部几乎满布被标记为紫色的能量化病毒。他之所以没有症状,可能和他异于常人的精神力有关。

菲娜感叹:"顾腾同学脑神经里的那些病毒就像是在富营养化的浅海里疯狂扩散的赤潮。"

火星的秘密

地月基地是飘浮在高空的城,它看起来像是变形的蜂巢,具备不断生长的特质。可重复使用的重型航天器从地球各处升空,抵达地月基地的码头,并将这里作为中转站，往月球运送物资。

基地西侧有一个小小的孤岛，靠可移动的桥连接。这里是幽灵病患者们的隔离治疗区。

幽灵病的症状可不仅仅是出现看到金色河流和蓝色花朵的幻觉。随着病情的进一步发展，不少病人声称看到了另一个世界，并且他们描述的新世界还有着惊人的相似之处。医生们兴致勃勃地倾听和记录着患者们的描述，心中浮现的是吃了见手青中毒的人的表演。只有极少数的人知道，幽灵病晚期患者会无法分清现实和幻觉，陷入穷途末路中。

女医生菲娜注视着能量扫描仪呈现的图像。这种奇特的能量化病毒似乎被顾腾吸引，疯狂地在他的脑部繁殖。但顾腾被幽灵病病毒侵袭后并没有什么异样，也没有产生任何幻觉。

菲娜对着投影里的人说："我觉得顾腾比零号病人更有价值。也许通过他，我们能刺探到另一个世界的更多秘密。"

时间的岛屿

幽灵病并非起源于月球基地的工作人员。零号病人是火星先遣队的成员之一,这支先遣队登陆火星,获取了大量的数据,采集了火星的地下水,甚至深入地下,确认火星在遥远的时光彼岸曾经存在过文明。先遣队遭遇意外,零号病人回到地球度过隔离期后恢复了工作,成为月球腾龙基地某个项目的负责人。此后,幽灵病便如阴影一般出现了。

越来越多的人被幽灵病侵扰,他们有着共同的幻觉:金色河流,蓝色花朵。

其实,所有患上幽灵病的人还会在沉睡时都进入同一个梦境。除掉荒诞错乱的部分,他们就像是生活在一个与地球截然不同的文明的幻影里。

梦境里,他们生活在一个自然资源极其丰富的星球,那里偶尔能看到残破的金属建筑。没人知道那里曾发生过什么。那仿佛是一个真实存在的世界,只有被幽灵病病毒感染的人才能触摸到那个世界的边缘。

菲娜忍不住遐想:如果人类能够真正进入那个梦境

里的世界，地球将会迎来怎样蓬勃的发展？

地月基地飘浮在深空，带着工业科技独特的美感。它以超然物外的姿态，默默注视着大地，看着云气涌动。星球的白昼黑夜是真理般的存在。正如无论在哪里，人类都拥有喜怒哀乐和贪欲。

顾腾再一次见到了菲娜，她身边跟着一个陌生的瘦削男子——桂荣。

桂荣打量着顾腾，这个实习生俊秀冷静，看起来不太像只有十四岁。他的脑部幽灵病病毒富集，在能量仪下仿佛微微发亮的紫灯，他却没有出现任何幻觉，也没有任何不适。

除了菲娜，桂荣也是有权力知道幽灵病数据的人之一。他是负责探索火星和异乡星计划的专家。

火星荒芜，地下水的分析报告也表明没有生命物质的存在。火星上的智慧生命可能在人类诞生之时就已经消亡很久。直到华国人发现了遗迹里的一个通道——它以

时间的岛屿

超越物理规律的方式存在,却无法真正被开启,一道火星之门将其封闭。通道两侧的金属墙壁上刻画着其他星星的位置,星图显示,这个通道似乎通往一处遥远的星星,那就是人类近几年才发现的异乡星。

军方新型能量仪检测到了幽灵病毒的特殊之处。这种能量化的病毒勾勒出截然不同的世界。桂荣恨不得立刻前往火星考察。他猜测,也许火星人并未消失,只是全体能量化了。他们放弃了异乡星,放弃了肉体和社会结构,成了纯粹的意识生物。幽灵病毒便是其载体。

也许,幽灵病患者能够真正开启神秘的通往异乡星的通道!桂荣盯着顾腾,一个大胆的猜测闯入了他的大脑:也许还未产生任何幻觉的顾腾就是能够开启通道的人。

桂荣问顾腾:"你知道高密拓扑原理吗?"

顾腾愣了愣,说:"是《科学》杂志上个月发表的论文中提出的理论吗?类似多重宇宙,不同的世界彼此纠缠形成泡沫曲面?"

"世界与世界重叠交错,却无法互通。但是根据高密拓扑原理，我们能找到进入新世界的方法。"

顾腾眼神清澈，带着一丝不解："这和我有关系吗？难道幽灵病就是进入新世界的方法？"他说完后就笑了，觉得自己的猜测极其荒谬，但他看到桂荣一脸严肃，嘴角不由得微微抿紧。

"我们没有对外公布，所有幽灵病患者都会进入同一个梦境，或者说他们集体梦到了一个新世界。我们想要找到并探索那个世界。"

"怎么找到进入梦境的路呢？"顾腾问。就算新世界出现在所有幽灵病患者的梦里，它仍像海市蜃楼般可望而不可即。

桂荣沉默了几秒，说："幽灵病患者也许能找到那条路。顾腾，我们需要你的帮助。华国人在火星的一处地下发现了一个通道。通道金属墙壁上的图案显示，它可以通往其他星星。根据星图研究，那颗星星正是我们人类想要移居的异乡星。抵达它所需的时间可能因那条路的出现由百年缩减为数个月，这让所有的人都欣喜若狂。但是，这个通道无法被开启，里面蕴藏着奇异的能量——类似幽灵病病毒的能量。我希望你去火星一趟，试着开启通道。当然，这是一次秘密行动，星舰上知道此事的人只有执行官顾琛。"

桂荣眼神狂热，继续说道："这个通道是亿万年前火星人留下的。零号病人就是在通道口感染上幽灵病病毒的，但他没能找到开启通道的方法。"

顾腾沉默了几秒，说："我愿意去火星，但我并不认为我比零号病人更幸运。"他已经很久没见过堂哥顾琛了。

X9

一小时后，顾腾回到自己的房间收拾了私人物品，然后从特别通道搭船前往月球。在月球基地的某处，中型星舰整装待发，上面还有第二批前往火星考察的人。

从月球到火星需要长达数月的时间。顾腾还是带上了他的老式无线电呼叫器。

前往火星的"金沙号"星舰由核聚变装置输出能量，对人类来说，银灰色的星舰犹如星际巨兽。它在虚空中航行，将月球抛在身后，在无尽的星海里，星舰犹如一粒尘埃。第二支火星探索队的人还有搭便车的顾腾都在这尘埃里。

"金沙号"星舰航行了近六千万公里，即将结束航程。二十年前，从地球抵达火星需要一年以上的航行时间，如今只需要三个月。但是，前往太阳系以外的异乡星也许要耗费一百年的时间，除非真的从火星找到即刻跳跃到异乡星的方法。

顾腾清楚将百年化为一刻的巨大诱惑力。哪怕只有万分之一的机会，桂荣、菲娜、顾琛也会去尝试。一旦成功，人类文明将迎来全新的跳跃式发展。问题在于，也许火星那个通道里藏着的，除了幽灵病病毒，还有无

时间的岛屿

法想象的厄运。亿万年前，火星人到底是放弃了火星，去了异乡星，还是彻底抛弃了肉身，变为了意识体？

星舰调整位置，以躲避一场来自狮子座的陨石雨。它们曾是某颗星星的一部分，经过漫长的旅行后进入太阳系。

顾腾在7号运动室锻炼身体。这里的人工重力和地球一样。顾腾玩的是躲避球游戏。屋子的一面墙会不时喷出快速飞行的小白球，被小白球打中就会被扣分。

顾腾专心致志地躲避着小白球，玩得气喘吁吁。他的灵敏度是这艘星舰上最弱的，连医务官白堇都比他强得多。火星遗迹在地下，由枯竭的水道往下抵达。因为气候极度恶劣，没有可供呼吸的氧气，先遣队的人需要背着维生装置进入。谁能想到这个死寂的星球会隐藏着神秘的通道，通过它，人类甚至有可能跳跃到光年以外的异乡星？专家组一度以为这是火星人留下的骗局，但遗迹里描绘的星轨位置确实导向异乡星。

同时从墙壁里弹出的小白球越来越多，速度也越来越快。

顾腾右腿被击中,他半跪在地上看了看时间。他今天坚持的时长比昨天多了一分钟。

白堇站在门口看着努力锻炼的少年,眼底尽是盈盈笑意。"有进步,顾腾,你要增加重量训练,否则你可能背不动维生装置。"白堇语重心长地说。

顾腾抬了抬眼,问:"我不能使用单兵外骨骼分担负重吗?"他在顾琛的收藏室里看到了不少好东西。

白堇惊讶地说:"你和顾琛一定关系密切。他收藏的单兵外骨骼是艺术品,也是强大的兵器。"

顾腾没有对外提及自己和顾琛的亲戚关系,他问白堇:"'金沙号'上还有制式单兵外骨骼吗?"

白堇神秘一笑:"制式单兵外骨骼没什么好玩的,我们不如去看看X9实验体。她可是应对火星突发灾难的救援者,也是机器人时代的奠基者。"

"X9?"

白堇回答:"X9是月球基地开发的适应火星环境的

时间的岛屿

人工智能机器人。她的外形和人类一模一样,无论是神态还是触感都和活生生的人一样。X9 战斗力惊人,就像科幻小说里的超人类。"

顾腾和其他少年一样拥有机器英雄梦,听白堇这么一说,他顿时对 X9 非常感兴趣。他在白堇的怂恿之下找顾琛表达了观摩 X9 的想法。

顾琛带着顾腾和白堇穿过星舰底层的走廊。这里和先遣队工作的地方截然不同。蜂巢状的墙壁是用一种浅灰色的合金铸成的,地面是黑色栅栏格,脚踩上去咯吱作响。

"'金沙号'采用核能推动,也依靠太阳风帆节省动力。如果到太阳系外航行,它还会利用行星引力将自己'弹射'出去。星舰的底层有菌类繁殖区,你们可以把它当作我们的粮食基地。"顾琛右手的手环亮了起来,合金门在他的示意下滑开了,柔和的光流泻而出,"X9 不是冷冰冰的机器,她非常聪明,学习能力极强。我一直担心她过于像人类，以至于在关键时刻犯下错误。"

顾腾震惊地看着站在圆柱形透明罩里的 X9，一时之间，他的内心情感复杂。

X9 有着少女般可爱的脸，洁白娇嫩，像是微雨里的栀子花。她穿着"金沙号"的深蓝色制服，轻盈挺拔。她闭着双眼，仿若沉眠于梦乡。

顾腾靠近 X9，温和地凝视着她。

恰在此时，X9 睁开了双眼。她的瞳孔深处是淡蓝色的光点，像是什么苏醒了。不一会儿，那些淡蓝色光点隐去，她的视线落在了顾腾身上。

在 X9 的眼中，顾腾的身体数据一目了然，他被判断为没有任何威慑力的弱者。紧接着，X9 对顾腾开启深层扫描，发现顾腾是幽灵病病毒的携带者。

顾琛阻止 X9 进一步扫描，他说："这是我的客人。"

X9 微微一笑，神情自然宛若真人，声音悦耳动听："尊敬的顾腾先生，欢迎光临'金沙号'。"

顾腾觉得 X9 的眼神太过犀利，他有些窘迫："你有

时间的岛屿

名字吗？"

X9回答："我叫朔。很少有人问我叫什么名字，所以我允许你叫我的名字，顾腾。"

顾琛没想到自己的堂弟顾腾轻易就赢得了朔的好感。朔的情感逻辑基于一种复杂的算法，她也因此在非战斗状态下拥有好恶。

顾琛对顾腾说："你可以请朔为你做体能训练。她能精准把握受训者的身体状况和极限状态，从而达到最佳的训练效果。"

顾腾忐忑地望向朔："你能帮助我吗？"

朔微微一笑，平静笃定："很高兴为你效劳。"

地下遗址

2050年的秋天，"金沙号"星舰在干涸的荒漠着陆。漫长的旅程终于结束，目的地并不是天堂，而是环境恶劣如地狱的火星。

火星的南半球是遍布山脉、干涸河床和陨石坑的古老高原；北半球则是布满火山熔岩的平原，奥林匹斯盾火山高耸着，宛如炼狱。

这里的岩石和土壤呈锈红色，荒凉寂寞。站在火星的天空下，顾腾不由得想起了天京院子里的那棵樱花树，因为这里的天空是樱花般的粉色。

第二先遣队已经前往采样点采集数据。顾琛特意让朔保护顾腾前往地下遗迹所在的位置。

朔站在全副武装的顾腾身旁。她不需要氧气，特种合金骨骼足以对抗沙尘暴、抵御宇宙高能辐射。穿着制服的她英姿飒爽，将背着维生装置、穿着防护服的顾腾衬得有些呆笨。

顾腾环顾四周，宛如死寂荒漠的火星在亿万年前是一个温暖潮湿的世界，甚至拥有超越目前人类科技水平的火星文明。地球文明已经在月球建立基地，也将在火星建立第二基地。如果无法抵达异乡星，火星改造就会

时间的岛屿

被提上议事日程。

朔拍了拍顾腾的胳膊，顾腾险些栽倒在沙堆里。朔拉住他，说："沙尘暴还有一小时就要来了，我们需要在沙尘暴到来之前进入地下遗迹躲避。"

地下遗迹的入口是一段干涸的河道，河道材质特殊，亿万年也不曾被风沙侵蚀，沉默如时光本身。

河道某个下陷处看起来平淡无奇，却没有沙粒能够进入。洞口似乎覆盖了一层看不见的膜，阻挡了风沙，让能量在亿万年间都能保持运行状态。

远古洪水曾经流泻的洞口是旋转往下的巨大深井，朔率先走进深井边缘，轻捷无声。

"为了节约时间，我们可以跳下去。你的防护服外设微型个人飞行器，我也可以保护你。"朔的声音清脆明亮，如黑暗里的一线光。

当顾腾一跃而下时，他身后的背包自如地伸展开来，朔握着他的手跃入深渊。朔的手，是有着人类的体温和触感的手，纤细干燥，却充满掌控一切的力量。

空气稀薄。他们下降的速度极快，黑色的深渊却仿佛没有尽头。从未产生幻觉的顾腾第一次见到了幽灵病患者述说的幻境——一个藏身于黄金河流之下的巨城。金色的涟漪安详如微风，收割所有的生灵。这是火星文明的终结之日，也是形式截然不同的生命的开启之日。

朔带着顾腾坠向右侧的洞壁，她在洞壁上飞速奔跑，卸掉大部分冲力，落在了洞底。这里有着灰黑色的动物雕像，它们应该是亿万年前在火星生存过的野兽的图腾。巨大的野兽之口从赤色沙粒里探出，那是通往更深处的门。

顾腾踩着沙砾走进巨兽之口后，似乎看到了亿万年前的巨兽在沼泽区奔跑的身影。它有着褐色的身躯、金色的斑点，追光逐日，被人们认为是太阳神的坐骑。

朔带着顾腾向着火星遗迹的最深处奔跑。数小时后，顾腾和朔一起来到了地下遗迹的最深处——一座巨大的城市。他们并没有徒步，而是换上了体积小、速度快的飞行滑板。

时间的岛屿

这里曾经水波荡漾，是火星环境恶化后的避难之城。巨大的穹顶上，人造太阳已经黯淡，不再释放光与热。街道一尘不染，街边的角落里躺着坠毁的飞行器残骸。城市里所有会腐朽的物体都已化为尘埃。这里的建筑物似乎是采用什么特殊物质建造而成的，一直屹立不倒。

城市的中心有一个巨大的圆弧，似乎有一个无形的巨大圆球将圆弧区域内的一切都摧毁了，就连极其坚硬的地面也下陷了数米。

顾腾的脑海深处浮起一些细碎的泡沫。那是一个关于藏身于金色河流下的巨城的故事。金色的涟漪就是从这里荡漾开来的。

此时的顾腾并不觉得兴奋或喜悦——他觉得这趟旅程比试驾地月游乐园的俯冲旋转飞机更具有挑战性。相反，他的心情有些沉重——看着火星遗迹，他仿佛看到了遥远的时光背后人类的结局。文明和花朵一样，可能会被时光的洪流淹没甚至摧毁。

火星人曾经在这座地下巨城避难，他们甚至拥有小型核聚变技术，创造了人造太阳。

顾腾不明白，为什么火星人拥有异乡星的星际坐标，甚至创造出了前往异乡星的通道，却不整体移居到异乡星。难道他们认为异乡星比资源枯竭的火星还要危险？又或者因为某种原因，部分火星人已经去了异乡星，剩下的火星人选择留在地下城？顾腾心中暗自警惕，他觉得桂荣似乎把异乡星想象得太过美好。更奇怪的是，比起异乡星，距离火星更近的地球在亿万年前就拥有原始海洋和丰富的植物，还有繁多的恐龙……火星人为什么不迁移到地球？

无数疑问在顾腾的心底萦绕。火星人看到近在咫尺的地球不可能不心动。是什么原因让他们舍近求远？

大坑附近的墙壁上镂刻着关于异乡星的示意图，乌金色的线条简单形象，勾勒出星星的秘密和归宿。

收敛住野马一般狂奔的思绪，顾腾走向大坑一侧的台阶。深灰色的台阶上方是一道纤细优美的门。这道奇异的门——或者说门框——矗立在那里，超越现实，超越

梦境。

朔站在不远处看着火星之门,一脸平静,她能够看到门附近引力场的改变。这种技术,地球文明还不曾拥有。也许,在火星之门的另一端,异乡星就在等待着地球人的到来。

顾腾体内的幽灵病病毒渐渐变得活跃,在朔的眼中,顾腾甚至在发光。朔能看到人类看不到的光谱,她对世界的理解和人类并不相同。

朔伸手握住顾腾的手腕低声说:"小心!"她发现顾腾的身体正在渐渐变得虚幻。他身体里富集的幽灵病病毒和火星之门产生了某种呼应,这种呼应正在将顾腾带离现在的空间维度。这是一种朔无法理解的超越时代的科技。她知道自己无法拦阻顾腾,甚至应该退到安全距离以外。

"我会在这里等你回来,不管时间过去多久。"朔的声音平静笃定。

顾腾点头,发现自己的手臂变得半透明,它直接从朔的手指间穿了过去。他的身体里仿佛有冰冷的蓝火在蔓延。

异 乡

火星之门的门柱里,奇异的能量按照预设的轨迹缓缓流动起来。它更像是超时代的智能机器,沉默地等待着特定的讯号,然后从漫长到近乎永恒的沉眠中醒来。

此时此刻,顾腾就站在这道白门前,门后是摇曳的光雾。

他的意识投射到火星之门上。光雾里渐渐出现清晰的画面。一个蔚蓝的星球在他的视野里放大。

异乡星就这么呈现在他的面前。这是一个生机勃勃的星球,海洋占据整个星球一半的表面积,河流在大陆蜿蜒前行,最终归于海洋。星球上的植物郁郁葱葱,个头和地球上的比,堪称巨大;种类繁多的动物在这个星球上繁衍生息。恒星散发着热量,它是这个星球欣欣向荣的核心力量。

这样美好的画面让人不由得心生向往，顾腾放下了疑虑和戒备，手情不自禁地伸向火星之门。

光雾的边缘延伸出细细的分支，向着顾腾的指尖流淌而来。此时，顾腾的耳边传来一些细碎的声音，那是火星地下殿堂里金色涟漪荡漾开来时响起的人的哭声。站在巨大雕塑下的火星祭司墨菲说，那是所有火星人都得到了进入永恒的机会的征兆。

越是美好，越要警惕。金色的涟漪比美梦还要闪耀，却将一切生命摧毁。

顾腾的手落下，他环顾四周，在这荒凉的火星地下恢复了理智。火星人消失在历史的深处，幻觉中的火星人和人类极其相似，他不由得怀疑地球人类的基因和火星人的基因有着某种密切的联系。人性的相似也让他不得不怀疑，火星之门等待亿万年，真就只是为了给登陆火星的人送上一个星球？

就在这个时候，火星之门的光雾包裹住了顾腾。

时间的岛屿

蓝色的光线在四周飞舞,每一个白色光点都可能是一颗恒星,异乡星则是远处一个微微发蓝的光点。那些摇曳的幻影愈发真实。

顾腾穿过光的通道,滚落在了一处宝石蓝的巨湖湖畔。

异乡星正值清晨,冻蓝的天空仿佛能够吸住人的灵魂。有着绯红羽毛的鸟儿掠过湖面,动作轻盈。

巨大的漩涡出现在湖面,古老的蛇形巨兽从湖底抬起它的头俯瞰着顾腾。顾腾觉得自己很可能会成为第一个才登陆异乡星不到五分钟就沦为巨兽早点的地球人。

日光照在蛇形巨兽那银白色的鳞片上,随即,蛇形巨兽周身闪耀着绚烂的光。巨兽有着冰蓝色的眼睛,被它注视着就会发出来自灵魂深处的颤抖。

顾腾伸出意识的触角,柔和地触碰蛇形巨兽的意识,释放善意。他发现自己的意识极其适应异乡星的一切,蓬勃的生命磁场滋养着他的意识,让他舒适无比。

蛇形巨兽俯瞰着顾腾,发出悠长的叫声。蛇形巨兽的记忆碎片出现在顾腾的意识之海。它存在于异乡星已经数千年，从巴掌大的幼崽长成如今的体形。它在这落日平原的湖区度过了漫长的岁月，没有见过任何一个同类。它只记得自己是从深深的地穴爬出来的，是星女王忠诚的守卫之一。

"星女王？"顾腾无法领会蛇形巨兽的意思。什么女王生活在深深的地底？

蛇形巨兽将顾腾带到了数十千米以外的森林。那里有一个直径千米的无底深渊。蛇形巨兽告诉他，星女王要见他。

蛇形巨兽展开它的羽翼，抓着顾腾向着深渊的更深处飞去。顾腾看到了无比壮丽的景色：瀑布落入深渊；水雾幻变出彩虹；丰富的植被在峭壁上生长，如精灵在织就花毯；浅蓝色鸟群栖息在花毯深处，如梦似幻。

日光渐渐黯淡，苔藓类植物变得繁盛。岩壁上出现荧光，构成全新的生态环境。

顾腾觉得，异乡星一定与地球有着某种神秘的联系，

时间的岛屿

才会有如此相似却更蓬勃的大自然。蛇形巨兽松开爪子，他坠入云雾，觉得时间在不断拉长。最后，他落在了他在天京时最喜欢去的海洋生物馆。

他趴在厚厚的玻璃墙上，注视着在深水里游动的鲸鱼。顾腾想：它不属于这里，它属于大海。

下一个瞬间，海水淹没了整个海洋生物馆，把城市变为汪洋的一部分。

顾腾感觉到自己所有的记忆都无所遁形，被某种强大的意识读取完毕。

"你是我在这十亿年里见到的第二个客人。"一个柔和的女性的声音在耳畔响起。

星女王的选择

地穴深处的星女王并不是神话里的怪物，她就是异乡星本身。一颗星星拥有自己的意志，在虚空之中存在数十亿年，它吸收着恒星的热力，庇护着星球上的万物，用雪冠装点自己的两极。

这是宇宙无数个奇迹中的一个。

人类无法占据异乡星，因为星女王不会允许自己的领地被人类寄生。她可以轻易毁灭远道而来的舰队。她拥有近乎无限的精神力，片刻之间就通过顾腾的意识对地球文明的方方面面做了一番了解。

人类数十年致力于拓展文明的边界，向着太空蔓延，就像是神话里修建通天巴比伦塔的人们。寓言故事有时候是一种文明的预见。

火星之门的背后是一个拥有意志的星球，能触摸和洞悉任何一个人的意识和记忆，并由此理解和掌握地球文明的一部分。

星女王就像庞大的行星计算机，在短短的几分钟里分析、解构了顾腾的一切。

然后，星女王融入了顾腾的意识，了解了人类的行为规则和情感世界，甚至创造出了一个虚拟现实的梦境。

时间的岛屿

在这个梦境里,顾腾坐在地铁车厢里,车厢里空荡荡的。地铁运行的声音就像是白噪声,让人莫名安心。

顾腾的视线落在地铁车厢的另一端,那里站着他记忆中年轻美丽的母亲。她穿着米色风衣,笑容明媚,手里拿着一束郁金香。

星女王走向顾腾,把郁金香送给了他。

星女王的掌心是一团小小的星云,包裹着微缩的火星之门,她对顾腾说:"我的第一个客人来自银心。"

银河系的核心地带一直是一处神秘的存在,那里有着更为密集的天体系统。宇宙理论学家说,那里也许拥有千万个智慧星球。

星女王优雅地坐在长椅上,她的手腕上甚至戴着顾腾母亲喜欢的玫瑰金细链手表:"来自银心的客人对我的存在感到十分惊讶,他用礼物换走了我的一道精神烙印以及这里的动植物和土壤的样本。他说他要培养几颗和我相似的星星。原来,那几颗星星包括火星和地球。"

火星和地球居然是以异乡星为模板培养的星星。

星女王喝着凭空出现的一杯咖啡，说："他真是一个喜欢恶作剧的人。"

顾腾没想到事情的真相居然是这样。火星人居然是地球人的前驱。只是火星已经死去，火星文明已然消亡。

他问星女王："那您知道火星之门为什么在火星地下遗迹里吗？"

星女王点了点头，说："当然。火星之门里沉眠着亿万火星人的意识，而你们地球人拥有最合适的皮囊。幽灵病病毒就是意识转换的接口。"

来自银心的客人告诉火星初代祭司巴比伦，漫长的时光过去后，蓝色地球上的恐龙时代将会结束，智慧物种将会产生，形成社会。

如果火星人的意识能在社会形成之前融入地球智慧物种中，并让生命烙印伴随着地球物种成长和进化，那么地球物种将成为盛放火星人意识最好的容器。那些在地下殿堂沉眠的每一个火星人都将在地球人的躯壳中复苏。

时间的岛屿

火星初代祭司巴比伦的计划预见了地球人对火星之门的种种想法：有的人会竭尽全力进入异乡星，无视危险，开拓新世界；有的人则相信火星之门后藏着可怕的存在，却想要释放它清洗人类……但不论是何种想法，每一种人都会帮助火星初代祭司巴比伦完成计划。

火星之门后的异乡星富饶美好，但异乡星本身就是一种生物，拥有意志，她不会允许大量人类进入它的领地。

亿万火星人的意识在火星之门的时间缝隙里沉眠，等待着占据地球人躯壳的那一天。

顾腾不明白来自银心的客人为什么要如此大费周章："那位来自银心的客人的目的是什么？"

星女王笑了："时间漫长，一些存在把在星星上培养生命、建造文明当作游戏。他们不在乎游戏里的生命的感受。银心客人从我这里得到生命样本，在火星上培育，接着又选中了地球……他见火星文明即将终结，于是给了火星祭司一个新的方案。一切都是游戏。我任由火星之门通向这里，甚至接纳火星人沉眠的意识体在门里沉睡，不过是觉得有趣而已。我想知道银心客人的小把戏会带来怎样的结局。"

顾腾不寒而栗，他的内心产生了近乎绝望的感觉，还带着愤怒。银心客人和星女王对于地球文明的繁荣或衰亡没有任何情绪。在他们眼里，一切都是游戏——打发漫长生命的一点兴味。

顾腾看着星女王："那么，您出现在我的面前是因为您已经有了选择吗？"

星女王凝视着顾腾："你猜我选择了什么？"

顾腾屏住呼吸。

星女王对着顾腾微笑，说："我想去地球生活一千年，那样也许我能找到地球文明存在的价值，也许不会。无论如何，你们多了一千年的时间。"

顾腾穿过火星之门回到火星时，见到了等待着他的朔。朔说，顾腾从她的视线里只消失了短短几分钟。顾腾没有和朔讲述他在火星之门后经历的一切，他只是让她带自己回星舰。那一切都是他要永远埋在心底的秘密。

时间的岛屿

有趣的是,朔第一时间发现顾腾身体里的幽灵病病毒被清除了。

数月后,"金沙号"星舰进入月球港。没人知道,回航的"金沙号"上多了位新乘客。她栖息在顾腾的影子里,轻如飞羽。

一颗星星的游戏时间自此开始。

星巢

在火神星的猫镇，我发现一个惊天秘密：这个星球内部的星核正在孕育一颗新星。但是，新星的诞生并非一帆风顺，就连火神星的原住民，都可能消耗星球资源，阻碍新星的成长。定期释放云雾兽，清除干扰，成了这个星球的独特"习惯"……

时间的岛屿

远离星际航道的火神星

第一次见到火神星时,苏影就注意到了绚烂日光下的那条巨大的、隆起的山脉。赤红色的山脉绵延数千公里,是一道亿万年来都不曾淡化的瘢痕。火神星离星际航道遥远,却一度因拥有高品质晶矿矿脉而成为热门星球,不过,这一切在晶矿被挖光后都成了回忆。

对于从更偏僻的垃圾星辗转到此的苏影一家人来说,火神星已经是相当不错的落脚之地了。十二岁的苏影在垃圾星上长大,和姐姐苏莺相依为命。那里没有秩序,生存艰难。

幸运的是,姐弟俩和一直颇为照顾他们的沙叶伯辗转得到了三张离开垃圾星的船票。

命运总是在人们难以预料的地方给人痛击。苏影原本计划去流云星学习机甲修理，却遇到了星盗——偏僻星域的飞船船员有时候还兼职星盗。船长见这一家子没什么油水可捞，但看在他们一路主动帮忙清洁船舱的分上，仁慈地将他们完好无损地丢到了远离星际航道的火神星。

沙叶伯看了看腕表显示的数据，说："和垃圾星比起来，这里就是天堂。到距离我们最近的猫镇步行需要三个小时。"

苏莺将劣质营养剂递给弟弟和沙叶伯："我们需要补充体力。"

她注视着开满野花、如绒毯一般的平原，发自内心地说："我喜欢火神星。"垃圾星的水含有微量的毒素，会让人的器官慢性衰竭。垃圾星的治安也不好，夜晚住在小小的窝棚里也要担心劫匪。火神星虽然是边缘星球，但也接入了星网，治安有保障。

苏影却有些担忧："我们三个人没有身份芯片，猫镇的人会不会赶我们走？"他和姐姐在垃圾星长大，没有身份芯片，也无法连接星网。还是沙叶伯教会了他修

时间的岛屿

理各种废弃电子物件。

沙叶伯从衣服缝里摸出一张旧芯片插入腕表:"我可是有身份芯片的人。我们不会饿肚子的,猫镇一定有坏掉的物品要修理,修理师不会无人问津的。"身为垃圾星数一数二的修理师,沙叶伯从不担心自己找不到工作。

正午,猫镇里不少长着美丽斑纹的猫在晒太阳,它们毛发蓬松,神态安详。紫色的树在小镇随处可见,它们的叶片在微风中彼此敲击,发出泉水流淌般的声响。街道的路面有些年久失修,重物碾压造成的裂缝到处都是,缝隙里还有野花怯生生探出头来。

街道两侧的店铺并不多,招牌大多老旧。距离晶矿枯竭已经过去了五十年,年轻人纷纷离开火神星,前往繁荣星球打拼,猫镇成了老人和猫的栖息地。一个星球的衰败往往从支柱产业撤走开始。

苏莺一行在街道拐角处小小的警卫所办理了暂住手续。他们没有缴纳任何费用,因为苏影帮年迈的警员虎纹修好了已经过了保修期的制冷球。

虎纹说:"重辉去世后,他的孙子重云一直没来接手他的房子。你们缴纳租金就可以去那儿住。"

沙叶伯微笑着答应:"还烦请您和邻居们说说,如果大家有需要修理的物品就来找我。"

虎纹感受着久违的清凉,眯着眼答应了,又提醒道:"对了,入夜后不要外出。云雾兽经常会在夜里进入小镇游荡。它们害怕阳光,能汲取人的意识当作食物。不过,有人居住的屋子在夜里会自动打开防护罩保护屋子里的人。"

离开警卫所后,苏莺悄悄告诉弟弟,她看到了虎纹警员垂在椅子后面的尾巴。在街道上行走时,他们发现这个星球的居民有不少兽人。

短短一刻钟以后,他们就站在了租赁的房子外,在门上挂上了新制的银叶铭牌。猫镇每一个居民的住处都会挂上这样的铭牌。

苏莺和苏影从未见过这么好的房子。前院一侧长着

时间的岛屿

一棵茂密的、深紫色的树,地面是白色的细沙,闪耀着太阳的光辉。窗户和门都是用火神星特有的紫星木制成的,花纹如流云。

苏莺迫不及待地走进院子,闻到了树木淡淡的清香。他们以前居住的地方,垃圾的腐败气味和废弃机械的金属味充斥着每一个角落。

房子有两层,沙叶伯选择住在一楼的客房,将二楼的两个房间留给苏莺和苏影居住。屋子里的家具虽然老旧,但保存得不错。二楼走廊上方开着透明的天窗,抬头就能看见冻蓝色的天空。

下午,已经有邻居带着自己的物品来修理了。有些物品经过修理后能再次使用,有些物品的零件彻底坏掉,就被苏影收好放在杂物间的架子上。猫镇流通的除了虚拟星币,还有一种实物货币——据说是晶矿的无用伴生矿,赤红色的火神币上印着苏影曾在太空看到过的红色狭长山脉。仅仅一个下午的时间,三人的木匣子里就已经装满了火神币。

苏莺将所有的房间都打扫得整洁干净,接着,挎上才编好的小篮子去买菜。她在附近的商店购买了蔬菜和肉,她已经很久没有吃过新鲜的蔬菜和肉类了,一直靠最便宜的营养剂补充能量。

夜幕降临时,在火神星落脚的姐弟俩吃到了毕生从未吃过的美味。沙叶伯说,这顿美餐让他想起自己年轻时候的好时光。沙叶伯在被丢进垃圾星之前有着丰富的经历,他总说男孩女孩们要多去远方看看世界。

苏莺的视线落在埋头吃饭的弟弟的身上。弟弟曾说过,他想成为机甲修理师,或者开农业机甲种地。

总会有办法的,苏莺想。

矿洞里的瞬移

群星在天幕闪烁。火神星的夜空边缘微微发红。院

时间的岛屿

子里的紫星树散发着浅浅的光辉,它似乎能在白天吸收日光,然后在夜晚缓慢释放出来。苏影看到小镇外的山丘也在发光,他猜测那里有裸露的发光矿石或是夜光植物。

空无一人的街道上,那些有着美丽斑纹的野猫成群结队地向小镇外跑去。

按捺不住好奇心的苏影离开家,跟着野猫们前行。他随身携带了自己改装的武器,那是他在垃圾星的武器之一,能够在关键时刻产生一个小小的防护罩,也能释放出强大的电流。他曾经和沙叶伯一起猎杀过垃圾星野外的变异狮,对危险习以为常。

猫镇的夜晚凉爽舒适,野草在夜风中摇晃。半小时后,苏影跟随野猫们来到了小山腰部的矿洞。丝丝缕缕的光雾从矿洞里冒出。野猫们陆续钻进矿洞。

苏影打开辐射读取仪,发现矿洞的有害射线并没有超标,便小心翼翼地进入矿洞。洞壁依靠机械切割,呈现出光滑均匀的环形花纹,绿色半透明的石头让人想起夏天的湖水。绿色的光雾从矿洞的更深处飘来，苏影伸手触摸无形的光雾，指尖微微发麻，脑海里掠过奇异的画面，那里面有瑰丽的星云、生长的晶矿。

矿洞向下延伸，干燥整洁，并没有蝙蝠留下的粪便或者其他小动物活动的痕迹。那些野猫进洞后更是不见踪影。一直到矿洞的尽头，苏影都没有看到那些比他更早进入矿洞的野猫。矿洞的尽头是封闭的金属门，光雾从门后渗透出来，浓郁如实质，形成一个竖立的光环。

苏影凭直觉判断野猫的失踪和这个光环有关。要不要跨进这个光环？对此，苏影一时之间还有些犹豫。苏影捡起脚边的碎石丢入光环，碎石激起浅浅的涟漪后就消失不见了。毫无疑问，那群野猫也是通过这个光环去了其他地方。这个光环通往哪里？是瑰丽的星云，还是矿洞的更深处？

等等，苏影愣住了。这个星球的晶矿不是已经枯竭了吗？为什么自己会看到生长的晶矿？不过，那些野猫在猫镇生活了那么久，也没有失踪过，它们一定知道回

时间的岛屿

猫镇的路。按捺不住好奇心的苏影终究情不自禁地走进了光环里。

光环里有虹光一闪即逝,苏影发现自己站在了巨大的晶矿山山脚下。整座晶矿山就在地下岩洞里,岩洞的穹顶宽阔无比,是地底的天穹。

发光的苔藓在洞壁四处生长,散发着柔和的白光。晶矿山的底部似乎也有着什么光源,让整座晶矿山都在微微发光。

这么巨大的晶矿山,足以让火神星再繁荣一千年,居然没有被发现!

就在这个时候,苏影听到了猫的叫声。他看到不远处的坑洞里,野猫们正在吃发光的苔藓。那些苔藓进入猫的身体后,强光迸射而出,照出了猫的骨骼,然后渐渐熄灭。野猫们仿佛对此习以为常,进食后,它们的毛发变得更加光滑油亮。

显而易见,这里是野猫们的秘密消夜地点。

苏影偶尔会感觉到微微的颤动,就像是有巨兽栖息

星　巢

在矿洞的更深处，并在梦里发出长长的叹息。

他试图选择一个方向前行，却在光线消失处止步，一想到黑暗中似乎隐藏着什么，他便不敢深入下去。

一只有着眼睛斑纹的野猫蹭了蹭苏影的脚踝，带着他回到了晶矿山和穹顶接壤的地方。一个绿色的光环正在那里逐渐呈现。

饱餐一顿的野猫们次第跃入光环，苏影也跟着跨进了光环。和来时一样，虹光闪烁后，野猫们和苏影回到了废弃矿洞尽头的金属门外。

苏影站在原地，大约半小时后，光环消失了。

回到新租的房子时，群星已经布满天空，苏影看到了躺在前院躺椅上看星星的姐姐。

苏莺笑眯眯地问："亲爱的弟弟，你什么时候有了夜游的癖好？"

苏影环顾四周，声音压得低低的，说："我跟着野猫们去小镇外看了看，你绝对想不到我看到了什么。"

时间的岛屿

他从怀里掏出了在晶矿山下捡到的拳头大小的晶石。半透明的晶石里有丝丝缕缕的光雾盘旋。

苏莺扯着弟弟回到屋子里，关紧房门问："你在哪里找到这种高纯度的天然晶石的？"她和弟弟在垃圾星偶尔可以从废弃的金属垃圾里找到指甲盖大小的晶石，它们通常用于启动机甲，到他们手里时，能量已基本耗尽，呈现出的是毫无光泽的灰白色。但是，在沙叶伯的修理铺里，姐弟俩都见过能量充沛的高阶晶石，它们看起来和苏影拿回来的这块晶石一模一样。

苏影将一把发光的苔藓掏出来，对苏莺说："我看到一座晶矿山，就在废弃矿洞的地底。一个神秘的光环将野猫们带入那里。我还捡了一些发光的苔藓，野猫们吃苔藓吃得可香了。"

苏莺看着发光的苔藓和晶石，眼泪落了下来："你买芯片获取身份，还有读书的钱都有了……"她和弟弟相依为命，好不容易离开了没有星网的垃圾星，却因为星盗的缘故，无法抵达位于中央星系的流云星。没想到，他们在偏僻的火神星得到了命运的馈赠。

夜海机甲

第二天清晨，沙叶伯看见放在餐桌上的晶石，简直不敢相信，总觉得自己还在做梦，不由得揉了揉自己的眼睛。他没想到在火神星这样的废矿星上，竟然还有高阶晶矿。

最古怪的是，为什么猫镇的人没有发现小镇外废矿洞深处隐藏的秘密？苏影能看到深夜的光辉，并跟随野猫们找到神秘光环，生活在这里的人应该也有这样的机会。是因为所有人都害怕云雾兽，所以不在入夜后出门吗？

沙叶伯咳嗽了一声，对自己说："冷静。晶石是星盟的通用货币，但听说那些神秘的高阶文明已经能够利用恒星的力量来制造晶石，甚至一个继承人就拥有整个星系。"

时间的岛屿

就在这个时候，古老的门铃声响起。火神星还保持着21世纪的复古风，从庭院道路的设置风格到生活习惯都能感觉到。

虎纹警官穿着笔挺的制服，笑容满面地将水果篮递给苏影："在猫镇的第一晚过得怎么样？"

苏影抱紧水果篮："很好。谢谢您的礼物。"

虎纹警官和沙叶伯谈着猫镇的历史："火神星的图腾是火神，而猫是火神的使者。所以，猫镇的人从不伤害野猫。"

苏莺好奇地问："您看到过云雾兽吗？云雾兽也不会伤害猫吗？"

"当然。云雾兽就像一团发光的云，它笼罩住人的时候，就会让人陷入噩梦中，迅速苍老，"虎纹警官喝着苏莺端给他的果汁，尾巴尖轻松地摇摆了一下，接着说，"那些野猫都活了上百年。云雾兽泛滥的时候，它们还会驱赶进入小镇的云雾兽。"

"它们活了上百年？"苏影没想到野猫这么厉害，

惊讶地问道。他想，也许是那些发光的苔藓起了作用。

虎纹警官点点头，说："火神星的晶矿枯竭后，很多人就离开了，定期消灭云雾兽的机甲护卫队也撤离了。要不是这些野猫，猫镇不会这么安宁平静。我们也习惯了入夜后不出门，在家里通过虚拟头盔上星网购物或学习。"

虎纹警官望向沙叶伯："我这次来是想代表猫镇委托您修理护卫队留下的一架机甲。它服役超过了五十年，在一个夏天坏掉了。我想，也许您能修好它。"

苏影被巨大的喜悦击中。这个小镇居然有一架完整的机甲！它甚至不是农用机甲，而是战斗型机甲，只不过坏掉了。

虎纹警官带着沙叶伯和苏影去了小镇西侧的仓库。这座仓库是猫镇最高最大的建筑，存放着护卫队留下的机甲。这架机甲像是神话故事里的机械剑客，深蓝色外壳是带有颗粒感的金属质地，看上去隐约有流金闪耀。

沙叶伯站在一侧仰望着高达十七米的机甲，说："夜

时间的岛屿

海是战斗机甲里的基础款,在许多偏僻星球都还在使用。"

"您果然是行家,一眼就认出了它。"虎纹警官回忆着往昔的荣光,"我也曾驾驶过一次夜海,那还是五十年前。它对驾驶者的要求并不高,只要意识和机甲的融合度超过64%就行。整个小镇剩下的晶石都是为夜海准备的。沙叶伯,您能修好夜海吗?"

沙叶伯思考了一会儿,说:"我要对夜海进行全面检修,然后才能告诉你答案。小镇应该留下了官方提供的机甲检修设备吧?"

…………

虎纹警官将沙叶伯和苏影留在了仓库,继续巡视整个小镇。

机甲检修匣在安装上全新的晶石后顺利启动,它扫描着夜海的每一寸,报出一连串的故障代码。由于没有人定期维修保养,夜海的机械关节磨损卡顿,部分能量回路损坏。另外,夜海的金属外壳上有着不少的暗伤,这会影响它的防御力。

喜悦在苏影的心中蔓延，他手指灵活地给夜海的关节做清洁和保养。在垃圾星，他跟随沙叶伯修理过各种废品，甚至包括一个机甲拳头，却是第一次见到完整的战斗型机甲。

沙叶伯和苏影在仓库里忙碌了一整天，饿了就灌上一支营养液。火神星的营养液比垃圾星的营养液好喝得多，还有微弱的提升精神力的功能。苏影利用仓库里的零件，给夜海增加了一个能量体冲击装置。他虽然没见过虎纹警官说的云雾兽，但也希望夜海在巡查时能消灭对小镇有威胁的生物。

忙碌的一周里，苏影和沙叶伯在废弃的矿洞尽头等待过几次，但那个神秘的光环没有再出现过。

虎纹警官为苏莺和苏影姐弟办理了临时身份证明，他们第一次拥有了登录星网的资格，并开始如饥似渴地学习课程。有时，苏影自己都怀疑那个深夜的奇遇只是自己的梦。拳头大小的高阶晶石还放在衣柜深处，那个神秘光环的出现和消失也许只是偶然。他把高阶晶石加

时间的岛屿

工成了能接入机甲的制式晶石。

猫镇迎来了火神节。据说,一万年前火神降临这个星球,带来了文明,引导火神星的人们走出了黑暗纪。此后,人们会在这一天采集红蓟,制作美味的草团,来庆祝节日,并向火神祈祷来年风调雨顺。

虎纹警官将在火神节驾驶修好的夜海向镇民们展示。在火神节的前夜,苏影却进入了机甲的驾驶舱。他在能量匣里塞入自己捡到并加工好的高阶晶石,然后戴上神经传导头盔。他想试试自己能否驾驶夜海。

神经接驳开始。苏影并没有丝毫不适,反而在意识延展后渐渐感觉到了夜海的存在。冰冷的金属在他的意识里渐渐有了生命。他睁开双眼看到了自己的意识和机甲的融合度——92%。

苏影的心底有一团火焰在燃烧。他没想到自己第一次接驳夜海就能达到这样的融合度,这意味着自己也许拥有机甲师的天赋。苏影打开仓库的穹顶,驾驶着夜海跃出了仓库,向着猫镇外进发。

兽 潮

夜海在星夜下的山丘中疾行,苏影感受到了从未有过的自由。原本沉重笨拙的机甲也渐渐变得轻盈优雅,高融合度让苏影能够操控机甲毫不吃力地做出各种中级难度的动作。

苏影的意识和机甲的融合度还在缓慢上升。他俯下身看着高大的紫星树上沉睡着的幼鸟。鸟窝里有几颗暗绿色的石头散发出微妙的能量。苏莺查过资料,青金石会灼伤云雾兽。鸟妈妈在夜里保护自己孩子的办法就是在窝里积攒青金石。

苏影没有打扰安睡的鸟儿,他驾驶着夜海向着废弃的矿洞奔去。夜海无法进入矿洞,但是矿洞外的低洼处有着大小不一的岩石堆积,在那里驾驶机甲练习微操动作非常合适。

一个小时后,一股虚弱感从脑部传来,苏影退出操作系统,离开了夜海,坐在岩石上仰望着紫色的月亮。

时间的岛屿

此时此刻,他的内心无比平静。

腕表的预警提示毫无征兆地亮了起来。

苏影打量着四周,只见小山的另一头,一道由无数白色的光雾形成的海潮般发亮的光线正朝他所在的方向涌来。

是云雾兽!成群的云雾兽正从旷野深处奔向小镇外的山脉。

苏影轻捷地爬上夜海,在云雾兽冲到矿洞外的洼地之前启动了机甲。淡绿色的光球在机甲的外壳上延展,将冲到机甲附近数米内的云雾兽化为萤火。但是,越来越多的云雾兽聚集在夜海的四周,苏影觉得自己就像是溺水的人,无法呼吸,神志也渐渐变得模糊起来。

他勉力操控机甲,向着小镇奔去。云雾兽紧追着机甲,对于死亡,它们似乎没有丝毫的畏惧。

苏影用自己的临时身份证明登录了星网,向小镇社区发出了兽潮来袭的预警。原本静谧的小镇响起了警报声,灯亮起来了。每一户人家的能量护罩都开始发亮,

然后延展开来,连成一片,形成包裹住整个猫镇的能量护罩。

夜海被小镇防御系统识别后得以进入小镇。苏影看到了站在仓库外的虎纹警官。

苏影灰溜溜地从机甲驾驶舱里出来,忐忑不安地望着虎纹警官:"对不起,我……"

虎纹警官拍了拍苏影瘦弱的肩背,说:"没想到你居然能自己驾驶夜海。云雾兽的兽潮比往年来得早,要不是你的提醒,也许兽潮已经涌入猫镇。"他查到了苏影和苏莺跟随沙叶伯从垃圾星前往流云星的船票记录,他对这对姐弟在垃圾星顺利活了下来感到惊奇。垃圾星没有星网,没有机甲,苏影能驾驶夜海说明他拥有极高的机甲师天赋。

苏影看着小镇外宛如浪潮般冲击能量护罩的云雾兽们问虎纹警官:"兽潮会持续多久?小镇的晶石储备够吗?"

虎纹警官叹息了一声,说:"苏影,你真的很聪明。这次的兽潮集聚的云雾兽看起来比以往任何一年都要多,我也在担心晶石储备的问题。我已经向星系警备队发出了求救信号，在他们到来之前，我们要守住猫镇。"

苏影想起了矿洞地底那庞大的晶矿山。可惜他后来没有再看到神秘光环，眼下也无法在兽潮中前往小镇外的矿洞。

天亮了，但云雾兽并没有离去。集结成群的兽潮能抵抗日光带来的不适。镇民们忐忑不安地注视着从山脉那边源源不断涌来的云雾兽。

在火神星的采矿鼎盛时期，云雾兽从地底冲出，杀死了操纵采矿机器的人。机甲护卫队深入云雾兽所在的地下巢穴，将催生云雾兽的异种晶石摧毁。之后的百年里，云雾兽虽然在火神节之后不久会出现在人类居住地，但规模已经大大减小。

火神星离星际航道甚远，也许在救援来到之前，整个猫镇的人都会被云雾兽杀死。

人们不约而同地收集起了家里零碎的晶石，将它们投入能量护罩的能源接口中。仓库里囤积的晶石消耗速

时间的岛屿

度惊人。虎纹警官说，在入夜前，所有的人都需要退到仓库里，仓库的能量护罩还能支撑一夜。

野猫们守在能量护罩的边缘，不时伸出爪子撕碎紧靠着能量护罩的云雾兽。野猫们也是小镇的居民，尽心守护着猫镇。

角落里，苏影一家低声交谈着。

沙叶伯心情沉重地注视着小镇外的云雾兽们："我们需要找到足够的高阶晶石来保证能量护罩的运行，否则我们等不到救援队的到来。"

苏影叹息。他不知道为什么矿洞里的神秘光环没有再出现。如果光环能再度出现，他一定能采集足够的高阶晶石。

黄昏降临，绚烂的云霞焕发着夺目的光彩，极具魅力。但猫镇的居民不知道自己还能不能活到下一个黄昏。

那只有着眼睛斑纹的野猫出现在庭院里，它望着苏影，眼中似乎藏着宇宙。它走到苏影的脚边，蹭了蹭他的脚踝。

新星的巢穴

暮色笼罩着大地,火神星的夜晚如深渊一般深邃。小镇的能量护罩开始缓缓收缩。大半个小镇陷入黑暗中。云雾兽们冲入小镇,潮水一般淹没了宁静的街区。

仓库里站满了焦虑的人群,野猫们在居民的允许下也进入了仓库,它们在仓库的金属架上走来走去,望着透明顶棚之外无垠的星空。

虎纹警官并没有完全相信苏影的话,但苏影留下了一块高阶晶石来换取机甲的使用权。他说,他想驾驶机甲离开小镇去观察云雾兽的动静。虎纹警官望着苏影明亮的眼睛,最终同意了他的请求。

在小镇护罩收缩的同时,苏影驾驶着夜海离开了小镇。机甲舱里还蹲着一只有着特殊的眼睛斑纹的野猫。

小镇吸引了绝大部分的云雾兽,苏影的突围比想象中容易。机甲高速行进,矿洞附近那些发光的伴生矿石在暮色里就像是坠落的星星碎片。

时间的岛屿

苏影将夜海停在废弃的矿洞外,跟随野猫进入矿洞。矿洞里光雾弥漫,如梦似幻。苏影和野猫向着矿洞最深处的金属门跑去。

等待已久的神秘光环在金属门前像是雪夜里等待着主人的小屋,苏影毫不犹豫地冲入光环,但他没能再度看到晶矿山。他看到的是一口巨大的发光的井!

四周的岩壁上是半裸露的晶石,丝丝缕缕的光雾如同泉水一般流泻,汇聚到发光的井中。

苏影听到了巨大的心跳声。这声音从井底传来,让苏影的心跳也跟着变快。这神秘的晶矿深处有一只巨兽在沉睡。有着眼睛斑纹的野猫绕着发光的井走动,有些焦躁不安。

苏影伸手触碰了那些从晶石里流向发光的井中的光雾。无形的光雾带给他微妙的、湿漉漉的感觉。一缕光雾甚至进入了他的身体,让他浑身上下都暖洋洋的。苏影觉得自己的意识在流动,甚至能沿着发光的井往下延伸。

星 巢

井下是一个宛如星云一般雾气朦胧的世界。苏影感觉到了生命的存在。那是一团静静燃烧的火焰，它古老而新鲜，心跳声从火焰里传来。

就在苏影的意识触摸到那团火焰时，异变发生了。苏影和一个庞大无比的精神体连接在了一起，他的手背上闪现出一道发光的印记。

与此同时，从发光的井里升起了一群云雾兽——

野猫对着云雾兽龇牙，发出低低的咆哮声。

无数信息依靠和火焰的精神链接传入苏影的意识中，他看到了火神星的诞生。五十亿年前，火神星裹着尘埃与火焰相互旋转着，星核缓慢地生长。十亿年前，火神星在经过长达五千年的暴雨的冲刷后，拥有了海洋和湖泊，然后在一次彗星撞入星球后获得了生命的初始物质。

火神星最独特之处在于，它的星核是活的，还能孕育出新的星球。星核在地底深处沉睡并汲取着能量，亿万年后，它将孕育出一颗新的星星。这是宇宙深处的生命奇迹。这口发光的巨井就是新星的巢穴。

时间的岛屿

云雾兽是沉睡的星核不定期释放的精神体。它们是新星的护卫,替它清理巢穴四周的敌人。

亿万年来,文明与文明之间,人类与其他智慧生命之间的资源争夺在无数个星球上演。

苏影将自己的意识清晰地传递给了新星:如果云雾兽毁掉猫镇,救援队的人势必会深入调查它们,新星的存在很可能会暴露。那些高阶文明的人一定会对拥有一颗新星作为收藏品很感兴趣。

苏影短暂的十二年的人生被新星读取。新星如饥似渴地学习着。它觉得自己应该避免和人类文明产生交集和冲突。文明并不都会拥有漫长的岁月,也许当它从深睡里真正醒来时,人类文明已经烟消云散。

一小时过去了,苏影睁开双眼,看到原本虎视眈眈的云雾兽们正陆陆续续缩回发光的井中。他手背上那发光的印记正在慢慢隐去。他和新星达成了保密的契约。新星沉睡后将不会再唤醒它的护卫们,还会召回围攻仓库的云雾兽。星核散溢的能量也不会再形成光环。

苏影和野猫一起跨入即将消失的神秘光环,他知道自己不会再回到这深深的地底来打扰新星的睡梦。这颗新星陷入了近乎永恒的深睡,在亿万年后才会再度醒来。亿万年后人类如果还存在的话,一定会找到和新星的正确相处方式。

夜空之上,群星璀璨。夜海朝小镇跑去。

与此同时,疯狂围攻小镇仓库的云雾兽们在星光下散去,和来时一样无声无息。没人知道云雾兽从哪里来,也没人能感知云雾兽的群体意识。

虎纹警官让所有的人待在仓库里,直到天明,他担心云雾兽的离开是一个陷阱。仓库的一角,保养得不错的旧武器并不能对付云雾兽。

夜海出现在了仓库外,苏影跃出了机甲。

有着眼睛斑纹的野猫在月夜下沿着街道奔跑,发出低沉的叫声。原本躲在仓库里的猫群冲出了仓库,跟随它们的伙伴向着小镇外的旷野奔去。

时间的岛屿

苏影对虎纹警官说:"云雾兽离开了小镇,消失在山的那边。"

按照他和沙叶伯的计划,他应该带着高阶晶石回到仓库,给防护罩充能,让人们能等到救援队的到来。但是,如今他两手空空地出现了。

虎纹警官注视着苏影,他原本以为眼前的少年会驾驶着机甲离开,没想到他真的一直观察着云雾兽的动向。

虎纹警官拍了拍苏影的肩,说:"干得不错。你和你的家人可以回家好好睡一觉。我会在星网为你申请机甲学习课程。"野猫群的离开意味着危险的解除,那些云雾兽确实已经离开了小镇。作为小镇的一员,苏影拥有的机甲师天赋,不能白白浪费掉。

苏影和沙叶伯以及姐姐苏莺一起走在回家的路上。火神星的夜空边缘微微发红,街道两旁的紫星树散发着光芒。

苏莺忍不住问:"你找到了那个神秘的光环吗?"

苏影欲言又止,低下头亲吻手背上那消失的印记。

一道神秘的绿光一闪即逝,将苏莺和沙叶伯记忆里关于神秘光环的一切都抹掉,并将唯一的一块高阶晶石合理化为沙叶伯的收藏。这是他和新星的契约的一部分。

这个世界上,只有一贫如洗的苏影知道新星就在火神星的地底沉睡着。他没有带走哪怕一块晶石。

沙叶伯和苏莺恢复了神志。

苏莺的声音带着淡淡的忧伤:"唯一值钱的晶石已经放进了防护罩能源仓化为乌有,我们什么时候才能赚够去流云星的路费啊?"

"我们总会去流云星的。也许还会去其他的星球。我的新理想是成为一个战斗型机甲师。"苏影回答。维修机甲没有驾驶机甲快乐。意识和机甲融合时,他发现了新的自己。他期待着能驾驶更强大的机甲。

沙叶伯浅浅地笑了:"驾驶机甲是每个少年的梦。我曾经也这样梦想过。苏影,你要努力实现自己的梦想。"

苏影点头,然后侧耳倾听星星的低喃。这是和新星的意识连接后拥有的能力,他能听到星星们的絮语,它

时间的岛屿

们在述说着死亡和新生。星星的梦有亿万年那么长,人的寿命却只有百年时光。即使不过百年,人也能找到自己生命的意义。

愿群星庇佑众生。

人类动物园

即将结束这场旅行时,我在不经意间发现了地球的"影子"——一个与地球几乎一模一样的星球隐蔽在太阳系的一角,与地球遥遥相对。这个星球上悬浮着一座由水晶构成的天空城,城市美好安逸得如同陷阱。靠近这里时,我好像感受到了四级文明不怀好意的注视。

时间的岛屿

便利店的时钟

　　旧居民楼在盛夏屹立，长长的阴影里是斑驳发黄的墙壁，灰扑扑的水泥地上污迹斑斑。这片居民区在二十年里传出过无数次拆迁的消息，林安安的妈妈就在这里出生，然后又在这里生了林安安。生活总要继续，无论是好是坏。

　　一切都要从林安安的好朋友周薇的失踪说起。

　　那是一周前的雨夜。单亲妈妈周雅娴去女儿周薇的卧室看她有没有被雷声惊醒，却发现女儿失踪了。警方调取的监控显示，周薇放学进入家中后就没有再出门。小区监控没拍到周薇爬窗离开的画面。屋子里也没有任何周薇的血迹和打斗挣扎的痕迹。一个十一岁的女孩就这样失踪了，像是化成雨滴融入了雨夜。

　　林安安是从小就和周薇在一起玩的朋友，她从周雅娴嘴里知道了周薇失踪的细节。

"周薇失踪前几天问我,世界是不是不止一个。"周雅娴眼圈发红,眼角的鱼尾纹愈发深了,"我倒是希望世界真的不止一个,周薇只是去其他世界看看,过几天就会回家。"

林安安不知道怎么安慰周雅娴,周薇是周雅娴的全世界。

林安安和周薇在一个学校读书,但不在一个班级。周薇性格温和沉静,是值得信赖的朋友。林安安知道周薇上学期就开始参加绘画兴趣班。于是,她找到了周薇留在学校绘画室储物箱里的绘画练习本。周薇在绘画方面很有天赋,她的画色彩柔和明亮,鲜有阴郁的笔触。她喜欢用彩铅绘制风景和动物:阳光里的街角花店,学校喷泉池旁的小猫,夕阳下归巢的鸟群……

绘画练习本的最后几页,有一幅画令林安安心生异样。那是一幢矗立在雨夜的旧楼,只是水洼中楼房的倒影长着植物,楼房的外墙上趴着裂缝。

时间的岛屿

世界是不是不止一个？林安安想。

林安安看着周薇画的画，在阳光明媚的绘画室里，脚后跟有一股寒意攀爬而上。

周薇的失踪牵动了许多同学和老师的心，他们在网上发了周薇的许多照片和视频，希望有人见过周薇，并告知她的行踪。一周过去了，依然没有周薇的消息。

清晨，细雨如丝。林安安走进小区旁边的利民便利店。利民便利店开了许多年了，货架和地面都旧了。好在商品大多平价，符合居民区的消费水平。林安安的爸爸昨天出差了，她只能到便利店买早点吃。林安安无意中抬头看了看墙上的钟，意外地发现它的秒针在逆转。她愣了愣，一边把选好的食物递给店员扫码，一边目不转睛地盯着钟。秒针逆时针旋转，越来越快，四周的一切都变得模糊，像是水中倒影。

灯光似乎熄灭了一瞬。林安安定睛望向墙上的钟，它的指针不紧不慢地顺时针旋转着。只是，店员居然瞬间从熟悉的中年男人变成了一个沉默甚至略带腼腆的少年,便利店也变得崭新明亮。

店员平静凛然的眼珠像是某种琥珀色的宝石:"祝你好运。"

林安安没有说话,静静接过自己买的食物走出了便利店。她看到的是依稀熟悉的街道,只是原本熟悉的小区已经变成公园,连便利店招牌上的字也从"利民便利店"变成了"黎明便利店"。

林安安背着书包站在便利店外,一时之间不知道何去何从。她发现自己戴着的智能手表的液晶屏居然显示的是倒计时,计时刚从58分跳到57分59秒。

林安安的脑子里乱糟糟的,她想起了失踪的周薇画的那幅画。林安安顺着熟悉的道路走向学校。这个世界看起来和原来的世界大同小异,也许学校还存在于这个世界。那么,失踪的周薇是不是也在学校里?

林安安不敢问路,也不敢左顾右盼。一切和她居住的城市大同小异,就像同一根枝丫生长出了两片几乎一模一样的叶子。十五分钟后,林安安站在了学校门口。

时间的岛屿

只是学校看起来像危楼,大片的攀爬植物占据了教学楼的墙壁,甚至延伸到走廊和柱子上。四楼的部分墙面甚至有裂缝。这和周薇绘画练习本里的教学楼倒影一模一样。

表世界和里世界

就在这个时候,一只手搭在了林安安的肩膀上,一个熟悉的声音响起:"林安安?"

林安安的心颤抖了起来,她缓缓回过头,看到了周薇,心中万分惊喜。周薇的视线落在了林安安的智能手表上,她看到了倒计时,神情变得笃定。

周薇挽着林安安的胳膊走进学校。她没有带林安安去教室,而是来到了教学楼后面的树林里。周薇见到林安安也很高兴。她因为心中隐藏着巨大的秘密,压力巨大,没想到自己的好朋友也成了秘密的一部分。

周薇告诉林安安，她和林安安都是降临者。这个里世界的学校里原本并没有林安安和周薇。不过，表世界的降临者一旦进入里世界，就会自然产生一个身份，周围的人甚至会对降临者拥有一段合理的记忆。降临者原本普通的腕表都会出现倒计时，而里世界的人看不到这样的倒计时。

周薇看了看自己的腕表，说："我还有两分钟就要离开里世界了。林安安，里世界是超级文明复制表世界形成的孪生空间。第一次进入里世界只能待一小时的时间，第二次则是二十四小时，第三次是一百六十八小时。"

林安安担忧地看着周薇，说："薇薇，你已经失踪一周了。就在雷雨夜，你妈妈发现你不见了。警察也在到处找你。你回去后该怎么交代？"

周薇抱紧林安安，平静地说："我一直以为两个世界的时间流速不一样，所以倒计时不会影响在两个世界的活动。也许，这种跳跃本身就意味着危险。"

周薇消失前对林安安说："我不知道我是否能真正回到表世界。你要是见到我妈就告诉她，我只是和小时

时间的岛屿

候一样,去兔子洞探险了。"

周薇消失在空气中。她在短短几分钟里告诉林安安的讯息很有用。林安安更担心的是,周薇是否能安全回到表世界的卧室中。

为了不被人发现身份,林安安和其他人一样赶紧去二楼的教室。果然,一个扎着双马尾的女生和她说话,似乎和她熟识。林安安坐在教室里,拿出语文课本上早读课。她不知道在周围人的虚假记忆里自己是什么样的。

双马尾女生小佩是林安安的同桌,她热情爽朗还喜欢糖果,小声念着课文的时候,嘴里还含着没吃完的牛奶糖。从小佩那里,林安安收集到了许多信息。在小佩的印象里,林安安是个孤儿,住在附近的福利院,成绩不好不坏。

班主任走进教室,让大家安静。她说最近学校有好几个同学失踪,大家放学后一定不要在外游荡,避免发生意外。

就在这个时候,课堂上的时间仿佛突然停止了。林安安发现教室里的其他人都仿佛凝固的雕像，外面晴朗的白天化为黑夜。她低下头，发现自己手表上的倒计时正在归零。白光一闪即逝。

　　林安安站在利民便利店的收银台前，接过中年男店员递给自己的早餐。她下意识地看了看手表，上面没有显现倒计时。此时此刻，她无比想要确定周薇是否从里世界安全回归表世界。

　　接过早餐的林安安跑出便利店，向居民区飞奔而去。周薇是从家里失踪的，她如果能回来一定也会回到她的家。林安安穿过人群，气喘吁吁地跑进居民楼，奋力爬楼，然后站在了周薇家的防盗门前。棕绿色的防盗门上蒙着灰，林安安拍门。

　　半晌后，门打开了，门后站着憔悴的周雅娴。林安安看周雅娴的神色就知道周薇并没有顺利回来。

　　林安安欲言又止："周阿姨，我想起薇薇前几天和我说，她只是和小时候一样，去兔子洞探险了。她肯定会回来。"

周雅娴的眼泪无声地涌出,她的眼底有着怀念和悲怆:"兔子洞吗?"兔子洞是周薇外婆家附近的一座溶洞。周薇七岁时跟着表哥去溶洞里探险,家里人急得满头大汗,到处找她。回村后的周薇被妈妈狠狠揍了一顿。

第二次跳跃

午后。

教室里的电风扇转个不停。同学们大多趴在课桌上小憩。林安安的智能手表出现了别人看不见的倒计时。她看起来正在沉睡,其实已经第二次进入了里世界。这两个世界的流速并不一致。

此时的里世界正在下雨。瓢泼大雨几乎淹没了整个校园。丰沛的水汽夹带着一股潮湿的香气,林安安缓缓抬起头来,她的眼睛有些干涩。她揉了揉眼睛,惊讶地发现，所有沉睡的同学脖子后面都有一根若隐若现的透明细线。她抬起手腕，看到了手表上的倒计时，心中不安。自己竟在不知不觉中再次进入了里世界！

林安安下意识地摸了摸自己的脖子。她没有摸到透明细线，心中却愈发忐忑。里世界中的每个人的脖子后面是不是都有一根看不见的细线？那么，表世界的人是不是也都有着这样一根透明的细线呢？

林安安走到窗边看着乌云翻涌的天空。紫色闪电划过天穹，翻涌的云中露出令她惊讶的一角。那是一座巨大的浮岛！

浮岛在乌云的簇拥下一动不动。它就像是另一个文明建造的城市——底部由灰白色的柱状结晶构成，上部则是由半透明的水晶巨柱构成的天际线。水晶巨柱上有光点闪烁，似乎有人居住。

"只有极少数的人能够在天空城定居。如果下午的脑域测试能够达到A级就能去那里生活。"小佩在林安安身后说，话语里充满了憧憬。

时间的岛屿

雨中的教学楼微微颤动,像是瞬间拥有了生命,然后那些紫蝴蝶一样的花朵居然脱离枝头,在操场和楼宇之间飞舞。这种叫作飞蝶的攀爬植物就是这么特别。它生命力旺盛,无法被任何除草剂杀死。它细细的根须爬满墙面,像是把整栋教学楼都当成了自己的巢穴。飞蝶能让附近的人免受白蝙蝠的袭击。白蝙蝠是一种变异蝙蝠,它喜欢袭击年幼的人类。

里世界的科技树有一种矛盾的拼凑感。它拥有和表世界类似的城市建筑,局部甚至落后一些,但也拥有天空城这样超越时代的高科技存在。在里世界,脑域测试这种在表世界从未听过的测试居然每个小学生都要参加,每周一次,直至十二岁。

人的脑域大部分都处于休眠的状态,也许是人类的身体不足以负荷脑域完全开发后的状态,一般人一生中脑域开发的部分不足10%。普通人的脑域开发度通常为C级,各行各业的精英通常拥有至少B级的先天脑域开发度。

脑域测试室并不在学校本部,而是在市政府旁一幢洁白的金字塔造型的建筑里。白色金字塔建筑的外墙呈白水晶一般的半透明状,在日光下熠熠生辉。林安安跟随同班同学们排队进入,只觉得温度舒适,空气清新如森林。全息图像投影下,四周的墙壁变成晴空下的大海,海涛声若有若无,让人放松了不少。

林安安心中忐忑,不知道自己表世界人的身份是否会在测试时被发现。她学习成绩中等,脑域开发度毫无疑问属于C级。只是这次的倒计时有二十四小时,她必须尽力存活下来直至返回表世界。

整个班级的人都躺入了蛋壳状的测试舱内,语音提示每个人放松即可。

林安安看到透明舱盖上有一道亮光滑下,一些发光的数字和曲线在舱盖上闪烁,那是她的身体基本数据。紧接着舱盖从透明变成了深蓝色的海。林安安觉得自己变成了一株水草,站在浅海洁白的沙子里沐浴着温暖的阳光,内心无比宁静。

时间的岛屿

天 空 城

时间变得不再有意义。海洋变得热闹，古老的海洋生物开始爬上陆地。

一部地球亿万年的演化史以奇异的形式在林安安的身边上演。她最开始是植物，后来变成了出壳就遭遇陨石撞击地球厄运的恐龙幼崽……多种不同的身份让她对生命的意义有了更深的认知。她仿佛触摸到了这个星球上最蓬勃的生命脉动。

林安安看到了自己居住的小区，旧楼在夜色里矗立，人们熟睡着。大雨冲刷着万物，接着一道发光的裂痕突然出现在地面，不断延展，然后吞掉了整栋楼房！

林安安瞳孔缩紧。这是未来会发生的事情，还是已经发生的事情？如果是未来会发生的事情，她要怎么才能让旧楼中所有的人避免厄运？如果是已经发生的事情，那关于表世界和里世界的一切是否都出自她的幻想？

一百台测试舱静静躺在白色地板上，孩子们安静地沉睡着。四周墙壁上是测试舱里的影像片段。沧海桑田，如梦似幻。

"溢出程序预警——"柔和的女声在监控室响起。穿着蓝色制服的工作人员打开了那个发出预警的测试舱。测试舱里的能量紊乱，沉睡的孩子形态模糊，外形正在向他梦到的生物转变。这样的事情偶尔会发生，工作人员关好测试舱，按下了重启键。孩子在测试舱里分解，又再度凝聚，他进入测试舱时被复制的记忆载入新的身体。一切都恢复正常。

林安安对舱外发生的一切茫然不知。她对表世界和里世界的真实性产生了怀疑。如果万物只不过是程序的一部分，那么生命的意义是什么？

那些让人沉浸式体验地球进化史的影像已经消失了。银河在夜空中无比瑰丽，像温柔的毯子一样罩了下来。林安安的意识沉醉于这样的美景，忘记了发出疑问。她的脑域在无形中发生了进化式苏醒，给她的精神世界带来剧烈的变化。一个能被选中跨越表世界和里世界的人，总有可取之处。周薇和林安安都是同一类人——拥有进化潜力的人。金色的风吹过林安安的意识之海。她睁开双眼，瞳孔深处有细微的光点跳跃，然后隐去。

林安安离开测试舱时被告知，她虽然不是 A 级脑域者，但因为拥有 B 级的脑域开发度，也许能在十二岁时成功转化为 A 级脑域者，所以获得了去天空城参观二十四小时的机会。大雨在黄昏前停止。里世界的月亮升起来的时候，林安安独自踏上了银灰色的飞车前往天空城。楼顶停机坪上的老师的身影越来越小。

飞车平稳安静，不知道使用的是什么能源。林安安俯瞰着傍晚的城市，它看起来和她生活了十一年的城市没什么不同。是什么样的机制促使两个世界的城市如此相似？越过山丘还有更多的城市，它们也是这样相似吗？

飞车停在了天空城下侧边缘处的港口。纤细的栈道如白鸟的羽毛。前方变成整面透明的玻璃，林安安这才知道飞车无人驾驶。穿过一道光幕，飞车掠过天空城的边缘，带着林安安进入天空城，在高达百层楼的水晶柱

时间的岛屿

间飞翔。林安安看到远处的中心地带有更多的飞车在起起落落。

就在这个时候，飞车的玻璃窗上开始出现一段发光的文字：

林安安，我是周薇，一定不要同意注射天空城的脑域拓展药剂！

林安安震惊地看着文字消失，她不明白失踪的周薇怎么会在天空城对她发出警告。

飞车停在天空城一幢环形大厦的楼顶。那里站着一个穿着白裙的年轻女人，她是这次短期研学之旅的一对一向导空青女士。

空青女士气质优雅，神色亲切，让人心生好感。她带着林安安进入环形大厦。大厦顶部是一个偌大的植物园。流水声潺潺，树影婆娑，只是看不到除了植物之外的生灵，没有虫鸣也没有鸟叫。

林安安跟随空青女士穿过植物园的小径，抵达全透明的浮梯。浮梯将带着她们参观环形大厦的对外开放楼层。

发光的讯息

浮梯从楼顶往下缓缓移动，穿过许多楼层。林安安看到大量机械蜘蛛正在组装中小型机甲，看到无数星云的全息图像，看到一群和她年龄相仿的孩子正在玩精神力控物游戏。

这是一个林安安在最深的梦境里也没见过的新世界。天空城的科技比里世界的地面和表世界都要先进数百年甚至上千年。

环形大厦底层充满了海水，海洋生物在其中漫游。二十八米深的空间形成复杂的海洋生态群落，珊瑚在海底山丘处聚集，金绿色的鱼群从沟壑处游了上来。

"林安安，如果你注射脑域拓展药剂，你的脑域开

时间的岛屿

发度能在你十二岁时转化为 A 级，那你就能永远留在天空城。你是被福利院收养的孤儿，没有亲情的牵挂。在天空城，你一定能找到新的朋友。"空青女士说。

环形大厦的海洋馆。微缩版的海洋里，鱼儿们有的在做梦，有的醒着。只是天空城微不足道的环形大厦，就展现出了神秘浪漫的特质。一个孩子很难拒绝留在这里的诱惑。

林安安白净的脸上露出为难的神情："我怕疼。脑域拓展药剂有副作用吗？"

空青女士的神情依然亲切："药剂确实有小小的副作用。毕竟天生的 A 级脑域者极其稀有。药剂有时会改变一个人的意识频率，让人产生奇怪的幻觉，但抚慰药剂能够控制幻觉的出现。"

林安安歪着头想了想："在参观结束前，我会给您答复。"

空青女士没有再谈及药剂，她带着林安安去了环形大厦一楼的无人商店。林安安的晚餐是一种粉蓝色的液体,能够给予人体足够的营养和能量,甚至可以缓慢温和地改善服用者的体质。

林安安注视着液体营养剂售卖机的屏幕,她再度看到了一行发光的字:

我在控制中心等你。周薇。

天空城是不夜城,这里的人不需要睡眠。飞车载着被选中的孩子,如萤火一般划过夜空。一路上,城市就像是神话的产物,所有的建筑看起来都像是巨大的拔地而起的水晶柱。空青女士带着林安安前往天空城控制中心。

越来越多的飞车显示天空城里居住的人并不少。他们从大地上被筛选出来,永远留在这超越时代的天空城里。他们日常的生活看起来平静安逸。他们研究着新的科技,照顾着植物和动物。

天空城控制中心位于天空城的中央,就像是被放大了无数倍的水晶球。只是它的外壳并不是易碎的水晶,而是一层宛如实质的能量保护罩。

时间的岛屿

飞车穿过保护罩时,林安安感觉到自己被神秘光线扫描,一切都无所遁形。飞车没有发出警报,她腕表上的倒计时却停止了,似乎控制中心是一个独立于里世界的空间。

飞车悬浮在保护罩内靠近核心,无法想象的画面呈现在林安安的面前:巨大的绿色水晶体矗立在控制中心,除此之外别无他物。水晶体中是涌动的白色光粒,就像是被束缚的光的风暴。这绿色水晶体就像来自异域的生命,拥有磅礴的力量。它注视着一切,控制着一切,不受时间和空间的束缚。此时,飞车和绿色水晶体的距离只有不到一米。

"控制中心是超文明留下的遗产。只有脑域开发度达到A级的人才能和它真正产生意识接触。控制中心控制着天空城的运行。当然,我们的研究员发现它其实也在控制着地面世界。"空青老师淡淡地说。

林安安的视线无法从绿色水晶体上挪开,她感觉到了水晶体对她的召唤。那些白色光粒并不是无机物,而是一种拥有意识的吸引着她去探索的存在。

哨　点

"林安安，如果注射脑域拓展药剂，你就能留下来，甚至和控制中心进行意识接触。"空青女士意味深长地说。

"您说控制中心也控制着地面世界。它是怎么控制的呢？"林安安问。

"只有在天空城定居的人才能去了解。"

空青女士从飞车里取出金属箱递给林安安："只要注射脑域拓展药剂，你就会成为我们中的一员。"

林安安打开金属箱。钢笔大小的透明注射器看起来像一截水晶。

"注射药剂后需要集中精神力熬过融合期，否则就会失败。"空青女士笃定地把药剂递给林安安。没有人能拒绝居留天空城的诱惑。

林安安这才明白为什么空青女士需要得到她的同意才能给她注射脑域拓展药剂。她的视线落在飞车的观景

时间的岛屿

窗上。一行发光的文字出现：

飞车的门会在三十秒后打开，跳向水晶体。周薇。

林安安接过药剂，不动声色地移动脚步："空青女士，您知道表世界吗？"

"你是说孪生空间？"空青女士愣了愣，她的眼神变得犀利，"林安安，你……你是表世界的人？"

林安安身后的车门滑开，她毫不犹豫地转身跳向水晶体。她的身体居然进入了水晶体内部。柔和的白光包裹住了她，她仿佛被什么力量托起，不再下坠。

部分白色光粒在林安安的面前聚集，形成了周薇的身影。周薇向前一步拥抱住了林安安。无数的讯息蜂拥着进入了林安安的脑海。原来，天空城是一个四级文明布置的哨点。

银河系里有着千亿个诞生文明的星球。太阳系平淡无奇，但四级文明也在这里修建了一个哨点。它观察着地球生物的演化过程，从恒星中汲取能量，期待着采摘文明果实的那一天。

一百年前，哨点复制出里世界。天空城悬浮高空，每周寻找着里世界新诞生的进化者，控制着里世界文明的进程，打造一个它心中的人类动物园。那些变异的动植物其实也是哨点创造的观察和纠错工具。

按照四级文明留下的指令，哨点创造了倒计时机制，以从表世界汲取新的进化者。进入第三次倒计时的进化者根本不会回归表世界，而是会成为哨点的一部分——那些白色光粒。

"林安安，A级进化者根本无法离开天空城，还会彻底能量化。所以，我回不去了。但是，还是B级的你可以在我的帮助下回到表世界。我会永远消除你的倒计时标记，你不会再跳跃到里世界。这是我作为朋友唯一能为你做的事情。"周薇对林安安说。

林安安的眼泪落了下来，心中充满无力感。地球文明作为还没有走出太阳系的一级文明，在至少一千年的时间里根本没有和四级文明对抗的能力。四级文明的哨点还在不断选择进化者壮大自身，复制出一个拥有绝对操控权的里世界。

"我和其他来自表世界的进化者会努力保持住我们的独立意志。斗争还在继续，我们不会放弃。也许在遥远的将来，我们会将哨点摧毁，但现在的我们还太弱小了。"周薇的声音在林安安心底响起。

白光闪过。

林安安再度睁开双眼，午后闷热，教室里的电风扇扇叶依然在旋转着。林安安看了看趴在课桌上小憩的同学们，又看了看外面晴朗的天空。她的视线落在智能手表上，那里已经没有了倒计时。

林安安的心中百感交集。她低下头，看到自己的右手居然握着一截水晶。不，是脑域拓展药剂。她的目光渐渐变得坚定。按照天空城的规则来论，她已经变成了一个不合理的存在。她不会再被天空城选中，而药剂能让她成长为A级进化者。或许，她可以把药剂交给最聪明的科学家,帮助他们解开人类进化的秘密。她不需要匆忙做决定。她会用一生的时间去做更多的事,找到更多的进化者,告诉他们里世界的秘密。对抗哨点的进化者同盟将在表世界出现。里世界的人们也不该一直被天空城统治,茫然度过岁月。

人类的祖先走出森林大火,走进草原……从不畏惧任何强大的存在。人类善于学习,利用工具,最重要的是拥有不屈的心。我们终将前往星辰大海,而不是受困于地球的摇篮,或任由地球变成人类动物园。

来自星使的信

亲爱的人类朋友们：

你们好！我是你们的朋友星使。

在地球修好飞船，短暂休整后，我在太阳系四处巡游，观察各个星球的情况。此刻，任务完成，我将告别太阳系，前往下一片星空。

地球上知道我的人寥寥无几，除了苗寨女孩永嘉和她的父亲，以及那条帮助我修复飞船的红龙。据我观察，地球并不在银河系的中心，其文明稚嫩如婴儿，地球上的人类对广阔宇宙的奥秘知之甚少。根据经验，我不会对这样的星球投注多少精力。

一次偶然的发现颠覆了我的认知。地球文明虽然是初级文明，但有自己的特殊之处——拥有绚烂无比、潜力无限的意识能量。你们人类在梦境中呈现的创造力、精神的治愈力，让我感到讶异，让我由衷欣赏，甚至心生敬意。生命的绚烂不在于等级的高低，而在于生命力的鲜活，这是许多文明进入高级阶段以后容易忘记的事。

得知地球人将成为盛放火星人意识的容器这一消息时，我一点也不担忧。地球有一千年的时间。对星兽红龙来说，一千年不过是它们孵化后代的一个周期而已，但我相信，地球足以在此期间完成从婴儿到少年的蜕变。

为了帮助地球和生活在地球上的你们，我将尽我所能提供帮助，比如，推荐我认为有助于你们未来发展的技术，说不定其中的某一项，就有改变你们命运的潜力呢！

先说说简单的吧！飞碟坠落后，我借助永嘉等人做梦时产生的特殊**脑电波**修复了我的飞碟，

时间的岛屿

这并非异想天开。你们也知道,人类大脑活动时,神经元之间会产生电信号,这就是脑电波。即使在睡眠中,你们人类的大脑也并未停止活动,甚至会产生一些特殊的脑电波,如加以处理,这些脑电波产生的能量将不容小觑。你们已经成功地在大脑与一些外部设备之间建立了脑机接口,在此基础上,只要捕捉和处理脑电波,并将其转化为与外部设备相兼容的具体指令,便可以控制外部设备。相关原理,你们已经掌握了,而具体应用中的难题,还需要你们逐一攻克;这项技术能运用到哪些领域,也有待你们勇敢探索……

接下来要介绍的是神秘的虫洞。如果能娴熟地掌握使用虫洞的技术,你们将在无垠宇宙中畅行无阻。虫洞是宇宙中一种连接不同时空的通道,时空的扭曲为虫洞的出现提供了可能。我知道,时空穿梭对你们的吸引力是巨大的,你们满怀憧憬地在文学作品中描绘虫洞的形态，在科学观测中寻觅虫洞的蛛丝马迹。虫洞的一端是黑洞吗？维持它的能量究竟是什么？我相信你们能依靠自己的力量找到答案。到那时，移居其他星球，甚至将地球转移到宇宙其他地方都不再是梦想。

元宇宙为你们提供了一种颠覆性的可能——以数字生命的形式生存于参照现实虚拟出的世界中。少年陈长生是一个先行者，在他生命即将结束的时候，他的意识被上传至昆仑系统，凭借着超强的意志和非凡的勇气，他的生命之花通过另一种形式得以绽放。元宇宙本身并不是一项技术，而是虚拟现实、人工智能、区块链等一系列技术的融合，脑机接口也与其有关。投入到这些技术的研究中去，建设你们的元宇宙吧！说不定这就是你们未来的家园。

与元宇宙相比，**人体冷冻**可能是一种更容

时间的岛屿

易为你们人类所接受的选择。生老病死，是你们每一个人都必然经历的过程。人类医学技术尚且没有发达到可以治愈一切疾病的程度，当生命遭受恶疾袭击，被迫走向终点时，你们当中有一部分人会选择对亲人或自己的身体进行冷冻——低温保存，寄希望于未来，通过某种技术使其复苏，治愈疾病，延续生命。虽然目前还没有成功的复苏先例，沉睡百年不过是治愈超脑少年们心灵创伤的善意谎言，但地球上早已出现了不少提供人体冷冻服务的机构，选择这项服务的人也不在少数。如何安全、有效地低温保存人体？又如何让冷冻体成功解冻、复苏？如果你们能解决这两大难题，你们的命运或许会被改写……

我讲述的这些，都是我在这场太阳系之旅中见到的可能对你们的未来产生巨大影响的事物。事实上，你们在这些领域已经有了一定的基础，未来能不能有所突破，还得靠你们——勤劳、勇敢、富有创造力的人类！

对了，我申请了一个地球人常用的电子邮箱：manyouyuzhouxl@163.com。当你们对这些领域或其他领域进行研究时，不论是取得了突破还是遇到了困难，都可以发邮件给我，我将竭力为你们提供帮助，并在你们抬头就能看见的星河中致以诚挚的祝福！

一千年后，我将再次来到太阳系。期待看到不向命运低头的你们，创造出不同凡响的未来！

你们的朋友：星使